パスファインダー・カイト

斉藤詠一

角川春樹事務所

プロローグ

闇（やみ）の中に、一筋の光が走った。

正確に言うならば、それは光ではない。今まで周囲を包んでいた人工的な暗闇に比べて、わずかに明るく見えただけだ。

次第に幅を広げていく、闇を分かつ一本の線。向こうに現れてきたのは、それまでの暗さとは明らかに異なる、奥行きのある暗黒だった。

機械の作動音とともに、間隙（かんげき）が上下へと面積を増す。それにあわせて空気が流れ出し、轟音（ごうおん）をともなう強い風が吹きはじめた。やがて大きく口を開けた貨物扉の向こう側に、夜の空が広がる。

澄みきった漆黒（しっこく）の空に、月はない。無数の星たちだけが冷たく光っている。星の光は、地上で見上げた時のように瞬いてはいなかった。大気の影響を受けにくい高高度では、星はただ一定の明るさで輝くだけだ。

その星明かりが、はるか下方を流れ去る雲海を、複雑な灰色のグラデーションに浮かび上がらせていた。

『さて、時間だ（Now It's showtime.）』

ヘルメットの耳元から声が聞こえた。吹き抜けていく風音のため、ヘッドセットを通してしか会話はできないが、こちらからは何も話すことはない。

酸素供給システムや暗視スコープを始めとするさまざまな装備を取りつけた結果、怪物じみた格好になってしまった男たちが、無言のまま一斉に立ち上がった。

今まで隣に座っていた男と、視線を交わす。いよいよだなと目で語りかけてきたように見え、頷（うなず）き返した。

視線を、腕に嵌（は）めたルミノックスのダイバーズウォッチに落とす。時刻は、先ほど全員で再確認している。トリチウムにより緑色に自己発光する針と文字盤が、現地時間午前二時を示していた。

『降下用意』

金具をがちゃがちゃと鳴らしながら、男たちの影は夜空に開かれた扉へ向かっていく。先頭を歩く男が扉のところで振り返った。男のかけた暗視スコープの、二本の対物レンズが、扉脇（わき）の赤いランプを反射してぬらりと光った。

バックパックから延びたホースをマスクに固定すると、新鮮な酸素が流れ込んでくる。美味（うま）い、と思った次の瞬間、赤ランプが緑色に変わった。

『ゴー！　ゴー！』

スピーカーから声が聞こえるなり、男たちが次々に闇の中へ身を躍らせていく。彼らに遅れぬよう、床を蹴った。

恐怖心がないといえば、嘘になる。

夜間のパラシュート降下は、何度経験しても恐ろしいものだ。高度三〇〇〇〇フィート（約九一〇〇メートル）を飛ぶ輸送機から、しかも真夜中に飛び降りるなど、冷静に考えれば常軌を逸している。だが、それに慣れてしまった自分もいる。そのことのほうが、ある意味で怖くもあった。

すぐにはパラシュートを開かない。すさまじい速度で、頭から大気を割って落ちていくのを感じる。一瞬だけ視線を足の側、つまり上空へ向けたものの、グレーの迷彩を施された輸送機の巨体はとっくに闇へ溶け込み、見えなくなっていた。

やがて雲に突入すると、視界がきかなくなった。

HALO——高高度降下低高度開傘。

高高度を飛ぶ航空機から自由落下し、地表近くでパラシュートを開く降下方法だ。風に流されて降下ポイントから外れるリスクが低く、敵にも発見されにくいという利点はあるが、きわめて高い技量を要求される戦術でもある。

時速二九〇キロに達したところで重力加速度と空気抵抗が釣り合い、それ以上に降下速度は上がらなくなった。だが腕につけた高度計の針は狂ったように回り続け、地表がすさまじい勢いで近づいていることを示していた。

分厚い雲海を突き抜けると、何もない空間が広がった。

見下ろせば、雪を抱く山脈がどこまでも続いている。暗視スコープの視界の中、光電子増倍管により可視光を増幅されて緑色に染まった峰々は、昼間の肉眼ならば白く輝いて見えるのだろう。

重力の底の世界へと、ただ落ちていく。周囲には、まるでスカイダイビングのパフォーマンスのような輪を形づくって降下する仲間たちの姿がある。

もっとも、地上で待っているのは成功を祝う冷たいビールなどではない。

降り立つ先は、標高三〇〇〇メートルを超える中央アジアの山岳地帯だ。

みるみるうちに地表が近づいてくる。対地高度一〇〇〇フィート（約三〇〇メートル）。紐を引いてパラシュートを開傘する。全身を押さえつけられるような、急激な制動がかかった。

もう、間もなくだ。全員が半径一〇〇ヤード（約九〇メートル）ほどの範囲内に着地することになる。一般的な兵士からすれば驚異的な技量といえるが、これはアメリカ空軍第七二〇特殊戦術群の「パラレスキュージャンパー」たちにとって、ごく当たり前のミッションでしかない。

ヘッドセットから、チームリーダーの声が聞こえた。

『降下ポイントの北、三〇〇ヤード（約二七〇メートル）に人影を確認』

リーダーから報告があった付近へ暗視スコープを向けると、たしかに蠢く人影が見えた。十数名ほど。全員が、長い棒状のものを手にしている。

鋤や鍬を持った現地の農民などではない。情報どおりならば、彼らは協力的な武装勢力の兵士たち、抱えているのは自動小銃だ。

兵士たちは、北側から降下ポイントに接近しているようだった。時々立ち止まっては空を見上げ、何かを探すそぶりをしている。自分たちがここへ降下することはあらかじめ知っていても、暗視装置を持っているわけではないらしい。

彼らの様子を確認している間にも、地表はみるみるうちに近づいてきた。

あと五〇フィート（約一五メートル）。

膝をやわらかく曲げ、軽い前傾姿勢で接地に備える。

次の瞬間には足裏が地面に着く感触を覚え、自然と身体は五点接地と呼ばれる行動を取った。ふくらはぎから太もも、尻へとなめらかに転がるように接地させ、衝撃を分散する。

すぐさま立ち上がり、パラシュートをたぐり寄せはじめたところで、突然北から銃声が響いてきた。

——まさか。

耳元に、リーダーの『罠だ』という緊張した声が聞こえた。

誰かの舌打ちに、タラララ、と乾いた連射音が重なる。味方の持つＭｋ18Ｍｏｄ1アサルトカービンの音ではない。

リーダーが、名指しで呼んできた。何か、と短く答える。

『お前ら二人は、捕まるといろいろ面倒なことになる。わかっているな。俺たちが食い止める。なんとしても逃げろ』

ちょっと待て、と言い返そうとしたが、リーダーは反論を許さなかった。

『いいな』

「……了解」

すぐに、指名されたもう一人からも了解の返信が聞こえた。

パラシュートをまとめ、装備をととのえながら、周囲を見渡す。

雪を戴く高峰に囲まれ、たった二人でどこへ逃げるというのか。そもそもリーダーたちを置いていってよいものなのか。

暗視スコープの視界に、曳光弾の光跡が映る。

撃ち返すＭｋ18Ｍｏｄ1の音も聞こえてきた。連射ではなく、一発ずつ射撃している。

無駄弾をばらまかないためだが、もとより今回の任務は短期間で終わるはずだった。持ち込んだ弾薬には限りがある。

――くそっ。

人工の淡い緑に光る山肌に、朝日が射す気配はまだなかった。

第一章

東京の春は、早々と去りつつあった。

桜はとうに散っている。四月初めにしては、異様な暖かさだ。

ガード下の改札口を抜け、駅から続く狭い道を歩いているうちに、ワイシャツが汗ばんできた。

小田急線南新宿駅は、巨大ターミナル・新宿駅から五〇〇メートルほどしか離れていない、乗降人員の少なさでは小田急線で一、二を争う小規模な駅である。周辺にはやや年季の入った低層マンションが建ち並び、路地の奥には古い一戸建てやアパートがひしめき合っている。新都心の高層ビル街から徒歩十五分程度というのに、まるで都会のエアポケットのような地域だ。

車一台分の幅しかない道が、少しだけ広めの通りに突き当たる。通りを渡った先の、三階建ての小さなオフィスビル。その二階に、目指す事務所はあった。

腕に嵌めたダイバーズウォッチで、時刻を確認する。

午前八時三十分。

始業時刻は、八時四十五分ということだった。少し早めにも思えるが、初日なのだしまあいいだろう。

速水櫂人（はやみかいと）は、鞄（かばん）を持っていないほうの片手でネクタイの結び目を確かめると、目の前のドアをノックした。ドアの曇りガラスには、「月読（つくよみ）記念財団」の文字がある。

返事はなかった。

もう一度ノックし、やはり反応がないことを確かめてから、櫂人はドアを開けた。

「失礼します」と足を踏み入れる。

入ってすぐのところにカウンターがあった。その向こうには机の島があり、天井からは部署を示すプレートがぶら下がっている。よく見ればそれはボール紙で、「総務課」と手書きされていた。

財団の経営状況が火の車であることは、採用が決まった際にくどいほど聞かされていた。それゆえの経費削減かもしれない。あるいはアットホームな雰囲気を演出しようとしているのか。どちらにせよ、貧乏臭さを増す方向にしか働いていないような気がする。

総務課にも、そこから見えるいくつかの机の島にも、人の姿はなかった。

事務所の中ほど、壁のように並ぶキャビネットの向こう側は見通せない。「すみません」と呼びかけると、奥から返事があった。

「はあい」

くぐもったような声だ。

少しして、キャビネットの陰から女性が姿を現した。何か食べている最中だったのかもしれない。顔を出した一瞬、口の中のものを急いで呑み込んだのが見えた。

女性が近づいてくる。

髪型はショートボブ。アウトドアブランドのフリースに、ジーンズというラフな姿だ。丸みのある目や唇はやや子どもっぽくも見えるが、実際は二十代後半から三十代前半といったところか。そうだとすれば、自分とあまり変わらない。

女性は、おはようございます、と挨拶した櫂人が名乗る前にせわしない口調で言った。

「おはようございます。もしかして、速水さんですか?」

はい、と答えると、「ちょっとそこで待っててください」と入口脇のスペースを指し示された。

入口ドアの横に、小さな丸テーブルと椅子がある。櫂人は椅子に鞄だけ置き、自分はその脇に立った。

女性が、事務所の奥へばたばたと走っていった。速水さんいらっしゃいましたー、と誰かに伝える声が聞こえてくる。

そのうちに事務所入口のドアが開き、若い男性が入ってきた。いかにもリクルート用という紺のスーツを着た、ひょろっとした体格の男だ。ずいぶん緊張した様子である。

男は櫂人を見つけると、途端にほっとした顔になった。

「あ、速水さん。おはようございます」

「おはようございます」

櫂人は、相手が年下であっても挨拶は丁寧にするよう心がけている。

その男とは、採用者の手続きの時に一度会っていた。佐々木大吾（ささきだいご）。櫂人とは同期ということになるが、中途採用の櫂人とは異なり、三月に大学を卒業したばかりだ。

「速水さんいてくれてよかったあ」

大吾が胸をなで下ろす仕草をしていると、連れ立って話しながら事務所に入ってきた男女がいた。その後にも、何人かが続く。出勤してきた職員、つまり今日からの同僚たちだ。

事前に聞かされていたとおりドレスコードはさほど厳しくないようで、皆ラフな格好である。中には、パンク調のデザインの長袖（ながそで）Tシャツに、ぼろぼろのジーンズ姿の者もいた。

櫂人と大吾は、誰（だれ）かが入ってくる度に挨拶の声をかけた。「あ、今日から入社の方ですね」と丁寧に応じてくれる人もいれば、軽く頭を下げるだけの人もいる。

大吾が、小声で話しかけてきた。

「速水さん、さすが落ち着き方が違いますね。僕、これだけでもう緊張しちゃって」

心細げな声だ。

「佐々木くんは新卒だろ？　しようがないよ」

「速水さんって、十年くらい社会人やってるんですよね。前はどんな会社にいたんですか。こないだお会いした時は、そこまで聞けませんでしたけど」

「ああ……」

　櫂人がどう答えるか迷っていると、先ほどの女性が戻ってきた。声をかけられる。

「お待たせしました。こちらへどうぞ」

　大吾の質問への回答は、自然と宙に浮く形になった。もっとも、彼のほうもどうしても知りたいというほどではなかったのだろう。あらためて訊きなおしてはこなかった。

　カウンターの脇を通り、事務所の奥へ案内される。キャビネットで仕切られた向こう側は、案外広かった。

　机の島が、いくつか並んでいる。

　机の規格はばらばらだ。高さを揃えるためブロックで下駄を履かせていたり、机の上を広く使えるよう隣との間に板を渡してあったりと、オフィスの美観という点にはあまり配慮がされていないように思えた。

　通されたのは、事務所の中央あたりにある小さな会議室だった。窓の外にはマンションや住宅が建ち並んでいる。その隙間から、新宿新都心の高層ビル群も見えた。折りたたみの会議机が向かい合わせに置かれており、櫂人と大吾は、入口に近い側のパイプ椅子に並んで座った。

案内してくれた女性が誰かを呼びに会議室を出ていくと、大吾がぽつりと言った。

「なんか、かわいい感じの人ですね」

思ったことをなんでも口に出してしまう性質なのだろうか。そういう話はお互いもう少し親しくなってからでもよいような気がするが、今ここで注意するほどでもない。櫂人は、そうだね、と話を合わせるにとどめた。

壁際にはホワイトボードがあり、マーカーの文字が半端に消されたままになっていた。その文字を判読しようとしている間に、先ほどの女性とは別の男女三人が入ってきた。

櫂人たちの向かいに並ぶ。

そのうち、小太りの男性一人は会ったことがある。

櫂人が立ち上がって頭を下げると、慌てて大吾もそれにならった。

「いやいや、お待たせしてすみませんね。ようこそいらっしゃいました」

面識のある男性が、禿げた頭をせわしなく掻きながら言った。頭にも顔にも、うっすらと汗がにじんでいる。

「手続きの時にもお会いしましたね。総務部人事課長の毛利です。こちらは――」

禿げ頭の毛利が、隣の男性に続きを促した。

「自然保護部普及課、課長の安田です」

眼鏡をかけた、三十代後半くらいの天然パーマの男が言うと、隣の女性も微笑んで頭を下げた。

「涼森と申します。総務部広報課長で、会報誌の編集長もしております。よろしくお願いしますね」

切れ長の目と、ほんのり染めてウェーブをかけたロングヘアが印象的だ。気づけば、その顔を大吾がとろけたような目で見つめている。

毛利が、「こちらのお二方が、速水さんと佐々木さんの上長ということになります」と説明しながら腰を下ろした。皆も席につく。

「それではあらためまして、『月読記念財団』へようこそ。今日から職員として、よろしくお願いします」

毛利が満面の笑みで言った。「新卒と中途の違いはあっても、お二人は同期というわけです。既にお伝えしているとおり、速水さんは自然保護部普及課、佐々木さんは総務部広報課の配属となります。まあ、部だの課だのといっても全体で百人もいない財団ですから、大企業みたいな組織をイメージされても困ってしまいますが」

毛利の言葉に、涼森が苦笑しつつ訊ねてきた。

「速水さんは、履歴書を拝見したところ公務員をされていたそうですね」

ええ、まあ……とあやふやに答える。

耀人の隣で、大吾がへえ、という顔をした。

「それでしたら、うちみたいな小さな団体に来ると最初はいろいろ戸惑うことも多いでしょうけど」

涼森は、耀人が以前勤めていた職場をかなり大規模なところとイメージしたようだ。毛利に話を振った。「毛利さんも、前は大きなメーカーにいらしたのよね。最初は大変だったでしょう」

「そうですねえ。といっても私は定年後にこちらに拾っていただいたクチですから、速水さんとはまた状況が違うかもしれませんけどね」

毛利は、耀人の履歴書に記された経歴に何も違和感を持っていないようだ。人事課長であっても、やはり詳しくは知らされていないらしい。

人事課や各管理職に回覧された履歴書は、あらかじめ聞かされていたとおり、一部書き換えられているのだろう。

「さて、今後ですが」

毛利は話を戻し、スケジュールの説明を始めた。

この後は、それぞれの配属先で顔合わせだという。

今日の午後と明日は、財団の概要や業務についての研修。今週末の土曜日はいきなり休日出勤で、自然観察会の手伝いをしてもらいたいということだ。

「研修期間が短くて申し訳ないね。新卒だと、大きな会社なら配属まで二、三カ月みっちり研修ってこともあるけど……。うちはまあ、見たとおりこういう規模だから」

申し訳なさそうに言った毛利に、大吾は「がんばります」と元気よく返事をしていた。

それから、櫂人と大吾は各々の上司とともに会議室を出た。

安田課長に連れられ、最初に挨拶したのは自然保護部長の雨宮だ。雨宮は民間企業から転職してきた女性で、以前は一部上場のメーカーの営業課長だったという。細いフレームの眼鏡をかけており、隙のない印象のパンツスーツは服装の自由な事務所ではやや浮いて見えるが、いつもそうした格好らしい。

「速水さん、よくいらっしゃいました」

雨宮は言った。

表情はほとんど変わりがなく、眼鏡の奥の瞳からも感情が読み取りづらい。

彼女とは、採用面接の際にも会っている。櫂人がここに来た経緯を知る数少ない人物だ。

「よろしくお願いします」

櫂人が言うと、雨宮は意味ありげに少しだけ微笑んだように見えた。

配属先の自然保護部普及課は、事務所の一番隅だった。窓はあるものの、すぐそこまで隣のビルが迫っているため薄暗い。

合計六つの机が向かい合わせに並んで島をつくっており、今はそのうち三つに人の姿があった。

「はいみんな、速水さんがいらっしゃいましたよぉ」

安田課長がぱんぱんと手を打つと、机に向かっていた三人は仕事を止めて立ち上がった。男性が一名、女性が二名。女性のうち一人は、最初に案内してくれたショートボブの彼女だ。同じ部署だったらしい。

「うちの課のメンバーです」

櫂人の傍らに立った安田は、皆に向かって手を広げた。「じゃあ順番に自己紹介といきましょうか。僕はもうご挨拶しましたけど、安田慎次(しんじ)です。ここの課長をやらせてもらってます。十年くらい前に、速水さんと同じように転職してきました。次は……そうだな、浦上(うらがみ)さんから反時計回りでお願いします」

通路側の列、櫂人の近くにいた年配の女性が頭を下げた。見たところ五十代くらい。若い職員が多いこの職場ではベテランの部類のようだ。

「浦上良子(りょうこ)です」と名乗った後、付け足す。「私はパートですけど、ここで一番の古株」

「僕より先輩です」安田が補足した。

良子は、「平均年齢引き上げちゃってますけどねえ。よろしくお願いしますね」と言って豪快に笑った。

続けて、良子の右隣にいた少しぽっちゃりとした体型の男性が挨拶する。

「井川享平です。よろしくお願いします」

二十六歳、やはり転職組で三年前に入社したそうだ。

享平のさらに右隣は、榊という課長代理の席だが、今は長期出張中とのことである。

榊と向き合う壁側の席が、安田課長の席。その右隣が、先ほどの女性の席だった。

「浅羽といいます。浅羽澪です」

どうぞよろしく、と頭を下げてくる。少し茶色がかった髪が揺れた。

話の途中で自席にかかってきた電話を「享平くん、お願いしていい？」と取らせているところを見ると、享平よりも先輩らしい。

自己紹介によればやはりそのようで、享平より一年早い、四年前の入社だという（ちなみに会社ではないので厳密には入局というのが正しいが、ほとんどの者が入社と言っていた）。財団に来る前は、営業の仕事を大学卒業から七年ほどしていたとの話だった。

最初に見立てた二十代後半から三十代前半という予想はそれほど外れておらず、櫂人と同じくらいの歳のようだ。

「浅羽さんが、速水さんの教育係です」

安田の言葉に、澪が小さく微笑んだ。彼女の右隣が、櫂人の席らしい。

「そんなわけで、速水さんをお迎えして今年度のわが課の体制は盤石となりました！」

安田がやや大げさな口調で言った。

「じゃあ速水さん、今日からどうぞよろしく」

皆の控えめな拍手に、櫂人は「こちらこそよろしくお願いします」と頭を下げた。

隣の島は総務部広報課のようで、涼森に連れられた大吾が挨拶していた。

他の部署への挨拶回りはまた後でということだ。櫂人は壁側の、澪の右隣の席についた。

机の上にはやや年季の入ったノートパソコンがある。七、八年前の型だ。財団には、新品を買う余裕はないのかもしれない。

その他にも、あらかじめ澪が用意してくれたノートやボールペンなど文房具一式が置かれていた。

机の奥の小さなブックスタンドには、さまざまな動物、植物のポケット図鑑が並んでいる。これも澪が倉庫から持ってきたという。

「必須(ひっす)というわけではないんですけど、仕事でよく使うので」

澪が言った。彼女は、けっこう気が利くタイプのようだ。

午後からの研修に先立ち、澪はあらためて財団の概要などを説明してくれた。

月読記念財団のルーツは江戸時代に月夜野時成(つきよのときなり)という大名が開いた集い、月読会にさかのぼる。これは花鳥風月を愛(め)でて歌や絵画をつくる、歌人や絵師の文化サロンのような集まりだったらしい。

月読会は明治維新後も続き、子爵家となった月夜野家は多くの芸術家を支援した。また文化活動だけでなく自然科学の観点も取り入れるようになり、何人もの科学者を輩出したという。

戦後、自然を守るという考え方が日本に輸入されると、月読会は自然保護団体としての色彩を強めていく。華族制度は廃止され、月夜野家もかつての財産を失っていたが、一九七〇年代に当時の当主であり現会長でもある月夜野高時(たかとき)が残った私財を投じて設立したのが、月読記念財団だ。その後少しずつ規模を拡大し、今では日本でも五本の指に入る自然保護NGOとなっている。

法人としての種別は公益財団法人であり、組織には、自然保護部、調査研究部、文化事業部、販売事業部、会員管理部、総務部などがある。団体が生まれた経緯から、文化事業にも取り組んでいるのが特徴だ。また収益を上げることが目的ではない公益法人とはいえ、資金調達のためグッズ販売もおこなっている。出社した時にはまだ開いていなかったが、ビルの一階には小さなショップがあった。

櫂人が配属された自然保護部普及課の目的は、その名のとおり人々に自然や環境の大切さを伝えることである。担当業務は自然観察の指導や講義、ツアーガイド、原稿執筆など多岐にわたり、時には自らイベントも主催するという。

そこまで説明し、澪は言った。

「まあ、何でも屋みたいなものですね」

昨年度中に職員が一人退職してしまったため、最近はだいぶ忙しくなっていたそうだ。

「速水さんが来てくださって助かりました」

「いやいや、僕はあまり人を案内した経験はないので、実質的には戦力ダウンですよ。大丈夫かなあ……」

「わたしが教えますから。任せてください」

澪がどんと胸を叩くそぶりをして言うと、櫂人の向かいの席から良子が突っ込みを入れてきた。

「先輩ぶっちゃって。ミオちゃん、まだメインの講師は張れないでしょう」

良子によれば、自然観察会などのイベントで講師の役割を担えるのは、現状では安田課長と榊課長代理だけらしい。そのため、講師役の仕事は場合によっては外部の専門家に依頼している状況だという。

「それはそうですけど……」

調子よく話していた澪の口調が、尻すぼみになった。どうやら澪と享平はまだ実力も経験も足りず、観察会では講師の助手しか担当したことがないようだ。

「土曜日の観察会だって、講師は外部の人にお願いしてるし」

良子は言った。先ほど人事課の毛利課長から聞かされた、休日出勤の件だ。その観察会に、櫂人も研修を兼ねて参加するのである。

「今はともかく……徐々にできるようにします」

澪は恥ずかしそうに答えた後、享平を指差した。「はいそこ！　享平くんは関係ないって顔しないの。そもそも土曜日の観察会は享平くんの担当でしょ」

「はーい、すみません。あ、そういえばミオさん、さっきの電話ですけど」

享平が言っているのは、自己紹介の途中だった澪に頼まれて、代わりに取った電話のことだ。

「ちょうど講師の話でしたよ。カメラマンの平山(ひらやま)さんからで、関急トラベルのツアーガイドを引き受ける件、その後どうなってますかって」

「あー！　連絡するの忘れてた！」

慌てて受話器を持ち上げつつ、櫂人の机の上に目を遣(や)った澪は言った。

「すみません！　名刺発注するのも忘れてました！　あとですぐやります」

そう口にしたところで、先方が電話に出たらしい。澪は言葉に詰まっていた。

「あ、あの……月読記念財団の浅羽です」

彼女、案外そそっかしいのかもしれない。

櫂人が心の中で澪の印象を訂正していると、良子が小声で訊いてきた。

「で、速水さんは、前はどんなお仕事を？」

さすがに初日だけあって、同じ質問が続く。

「穏やかで人当たりもいい感じだし……何かの営業とかかな？」

良子は質問しながら、机の上に載せた櫂人の左手に視線を向けていた。薬指に指輪がないことを確認しているようにも見える。

観察されているのを意識しつつ、櫂人は答えた。

「公務員です」

「じゃあ、役所で環境系の業務か何かをされていたんですか」と、享平も話に入ってきた。

役所などとはひと言も口にしていないが、享平は早とちりしたようだ。誰も指摘しないので、櫂人はそのまま曖昧(あいまい)な返事をした。

「ええと、そうですね」

「だったら、自然の知識もおありなんですね」

いつの間にか電話を終えていた澪が、期待するような声を出した。

「ああ……いえ、正直、それほどでは……」

「大丈夫ですよ。僕だって最初未経験でしたから」享平は得意げだ。

「享平くんは、入ってきたとき大変だったもんねえ。今だから言うけど、とんでもない人が来たって思ったわよ」

良子はそれから、三年前に享平が転職してきた時の話をしてくれた。鳥はかろうじてスズメとハトとカラスを知っているくらい、双眼鏡を渡せば反対側から覗(のぞ)きかねなかったという。

皆で笑っていると、安田が突然立ち上がった。

「おはようございます！」

事務所の入口へ向かって、深々と頭を下げる。

そちらを見ると、スーツを着こなした高齢の男性が入ってくるところだった。

月読記念財団の専務理事、氷室武彦（ひむろたけひこ）だ。

豊かな総白髪をライオンのたてがみのように逆立てている。七十代にさしかかっているという話だが、背筋はぴんと伸びていた。

氷室専務は軽い調子で片手を上げ、おはよう、と周囲に声をかけながら会議室へと歩いている。燿人たちのほうへも視線を向けてきた。

燿人は安田にならって立ち上がろうとしたが、普及課の誰も立つそぶりを見せない。澪は小さく頭を下げていたが、背を向けた席の良子と享平は無視を決め込んでいるようだ。

結局、燿人は少しだけ腰を浮かせて黙礼するという中途半端な形になった。

氷室の姿が会議室の扉の向こうに消えたところで、安田は決まり悪そうに腰を下ろした。

安田はともかく、他の皆は氷室専務にあまり好感を抱いていないのだろうか。

疑問に思っていると、他の課の職員が普及課の島にやってきた。会議室にこもった氷室が、安田と雨宮部長を呼んでいるらしい。安田ははじかれたように立ち上がり、会議室へ向かっていった。

「なんか、パシリって感じね」

良子が呆(あき)れたように呟(つぶや)く。

櫂人は、遠慮がちに訊いてみた。

「変なことをうかがいますが、皆さん――まあ、安田さんは別として――氷室専務をあまり好ましく思われていないんですか」

「ぶっちゃけ、そうね。氷室専務って、最初は他の理事に紹介されたとかでやってきたんだけど、あれよあれよという間に理事から専務理事になって。専務に就任するなり改革とか言い出して、なんだかんだと口出ししてくるんだもん。まあ、面白くないって人はいるわよね」

良子は他人の意見であるかのように言ったが、明らかに自分自身がそう思っている口ぶりだった。

よそ者がよかれと思って口を出したことが、それまでのやり方がしみついた者の反発を招くのは、よくある話だ。口の出し方が問題の場合もあるし、過去にしがみつき変化をおそれているだけという場合もある。このケースではどうなのか、櫂人にはまだ判断がつきかねた。

とはいえ、氷室専務が嫌われているのはたしからしい。

じつは、櫂人が月読記念財団に仕事を得るきっかけになった人物こそ氷室専務なのだが、こちらからその名を出すのは控えたほうがよさそうだ。

亨平が言った。

「専務がいろんな企業に顔が利くのはたしかですけどね。あの人、大きなメーカーの出身で、経団連とかにも出入りしてたんでしょう」

「大企業出身の人が、そもそもうちの財団の仕事に関心あるのかしらねえ」

首を傾げる良子に、澪がフォローするような言葉を口にする。

「まあ、他にも企業出身の理事はいますけどね。理事は、いろいろな背景の人がいたほうがいいっていう理屈はわかります」

そうは言っても、澪の表情は不満げだ。彼女もまた、氷室に好感を抱いていないことが察せられた。

「そりゃそうだけど、専務となると別よ。うちの財団って、会長は象徴みたいなものなんだから、専務は実質的な社長と同じよね。うちは本来なら国にも企業にも物言う立場でなきゃいけないのに、肝心の専務が企業出身じゃあ変な忖度とかしないかしら」

「そうそう」

亨平は良子に同調して頷くと、チョコレートの包みをほどいて口に運んだ。見ると、机の上にはお菓子が並んでいる。

「享平くんさあ、ちょっと控えたほうがいいよ。若いのに、うちのダンナみたいに生活習慣病になっちゃうよ」

良子に叱られ、享平が「はあーい」と小学生のような返事をしたところで、櫂人を呼ぶ声が聞こえてきた。

「速水さん」

声の主は、会議室から戻ってきた安田だった。

「はい」

「氷室専務がお呼びです。会議室に来てくださいと」

「専務が、私をですか」

櫂人は立ち上がった。澪と良子が、何ごとだろうというように顔を見合わせる。

会議室に入ろうとしたところで、室内から雨宮部長が出てくるのと鉢合わせした。

「すみません」

櫂人が言うと、雨宮は無表情で「中で専務がお待ちですよ」とだけ答え立ち去っていった。

会議室の中にいたのは、氷室専務一人だけだった。

挨拶し、正面に向き合って座る。

良子の話にもあったが、会長の月夜野高時は高齢でほとんど顔を出さない名誉職のような立場であるため、実際に財団の運営を取り仕切っているのはこの氷室専務である。

「いよいよ今日からだね。どんな感じだい」

氷室はにこやかに話しかけてきたが、眼光は鋭かった。

「皆さんいい人そうです。うまくやっていけると思います」擢人は答えた。

「前職のことは聞かれたかな」

「はい。公務員とだけ答えておきましたが」

「間違いではないな」

氷室は笑った。「まあ、それで通せるようならそうしておくといい」

「はい。私も、好きこのんで昔の話をしたいわけではありません。具体的に何の仕事をしていたか訊かれても、曖昧な返事をさせてもらうつもりです。そういえば履歴書は、やはり専務が？」

「人事課や各管理職に回るものは、差し替えておいた。君には前職の経験をこれから活(い)かしてもらわなければいけないが、周りに知られるといろいろ面倒だからね。それで、さっそくだが君の最初の仕事だ」

「それは……前におっしゃっていた、私にしかできないという仕事でしょうか」

「そういうことになるかもしれんし、そうではないかもしれん。とりあえず、関(かか)わってもらいたい。さっき安田くんに伝えたので、具体的には後で話があると思うが……今度、瑞(ずい)光(こう)物産という会社の案件が入る。丹沢(たんざわ)の社有林での、自然観察会だ」

自然観察会？

　櫂人は、少し拍子抜けした。それでは、この週末に行くことになっている研修と変わらない。

「私が配属された部署の、通常の業務のように思えますが」

「うん。さっきも言ったように、結局そういうことになるかもしれない。申し訳ないが、まだなんとも言えないんだ。とにかく今できることとして、まずは君なりに瑞光物産とその社有林について調べておいてくれないか」

「瑞光物産というのは、大手の商社ですよね。そこが持っている社有林に、何かの秘密があるかもしれないと？」

「その点も、なんとも言えない。なんとも言えないのに関われというのも妙な話だと思うだろうがね」

　ひどく漠然とした答えである。

　だが、曖昧な状況下でも任務につくことには慣れていた。

「ああ、もう一つ……。この案件は君に担当させるよう、あえて安田くんには指示しておいた。その際に君の名前だけを出すのもおかしいから、指導役である浅羽くんと二人で、ということにしてね。浅羽くんには気の毒だが、何かあればフォローしてやってくれ。指導役が指導されるというのもおかしな話だから、目立たぬように」

「……わかりました」

「では、よろしく頼むよ」

会議室から普及課に戻るやいなや、安田が「何のお話でしたか」と訊いてきた。初日から専務に名指しで呼ばれたことに嫉妬（しっと）しているとは思えないが、いったいこの人物は何者だと思っているのかもしれない。

「何かさっそく仕事があるそうで。具体的には安田課長から話があるのでよろしく、ということでした」

「なあんだ」

安田は素直に安心した様子を見せたが、良子たちから一斉ににらみつけるような視線を浴び、すぐにひるんだ顔になった。

「今みんな手一杯なのに、また専務がらみで新しい案件ですか」

きつい口調の良子に、安田は「あ、えーと……」と、しどろもどろになりつつ瑞光物産の件について話しはじめた。

＊

「例の人が入社しました。今日は初日なので、もう帰宅しましたが」

『そうですか。氷室専務と接触はしましたか』

「さっそく何か指示されていた様子です」

『あの件でしょうか』

「そこまではわかりませんが、既に何らかの話はされたかもしれません」

『……そう思っておいたほうがいいでしょうね。では、何かあればまた連絡を』

「了解――」


電話を切った人物はスマートフォンをポケットに収め、通りの向こうの小さなオフィスビルを見遣った。一階のショップは閉店しているが、二階の窓からは灯りが漏れ、職員の誰かの影が映っている。

夕暮れの空から茜色が消えつつある時間帯とはいえ、まだあそこには山積みの仕事が残っている。ちょっとコンビニに、と言って出てきた手前、そろそろ戻らなければ。

その人物は小さなため息をつくと、缶コーヒーを入れたマイバッグを手に、通りを渡っていった。

*

週末の土曜日、朝六時四十分。

アウトドアウェアに身を包んだ櫂人は、澪とともにJR川崎駅前のバスロータリーに立っていた。

櫂人が背負うカーキ色のリュックは、昔から愛用しているTSSI社製M9バックパックだ。米軍放出品を入手したもので、リュックの表面に等間隔にいくつも縫いつけられたモール（MOLLE：Modular Lightweight Load-carrying Equipment）システムと呼ばれる頑丈なナイロン製の帯は、ポーチなど目的に応じたさまざまなアクセサリー類を簡単に脱着できる。

今は、澪の他に享平や大吾とも待ち合わせているのだが、ロータリーに彼らの姿はまだ見えない。

これから皆で向かうのは、東京湾多摩川河口近くの埋立地につくられた「多摩川河口自然公園」である。そこでおこなわれる自然観察会に、櫂人は研修を兼ねスタッフとして参加するのだ。

観察会は、都内に拠点を置くカルチャースクールが主催するものだ。年に何回か、その都度参加者を募集し、行き先を変えて実施されているという。

その観察会の企画運営を、月読記念財団が受託していた。運営全般を享平が担当し、講師は毎回、安田課長か榊課長代理、あるいは外部の専門家が務めているそうだ。

今日の観察会の講師も、付き合いのあるフリーカメラマンに依頼しているという。櫂人と大吾は、享平や澪とともにその助手として公園内を一緒に回ることになっていた。

澪に関していえば、本来ならこの件の担当ではない。それでも今日来ているのには、耀人の指導係という他にも理由があった。

それは耀人の入社初日、会議室で氷室に聞かされた後、安田課長から説明された案件と関係がある。

月読記念財団の法人会員でもある、大手商社の瑞光物産が、丹沢に持つ社有林で社員向けのイベントを開催するという。例年、同社のＣＳＲ推進部と労働組合の共催で森の手入れをするなどしてきたのだが、今年は自然観察会をおこなうことになり、その講師を財団に依頼したいというのである。

氷室専務が取ってきた仕事で、専務から直々の指示だというので皆は冷たい視線を安田に向けていたが、雨宮部長も承知済みだと言われればそれ以上文句のつけようはなかった。なお氷室専務からは、その仕事を澪と耀人の二人に担当させるようにとも言われたそうだ。「経験を積んでもらおうっていう、専務のお考えなんだよ」と安田は話し、二人のうち澪を講師として指名した。

そもそも、観察会の実施日は来月初めに決まっており、普段であれば講師を引き受ける安田は、その日すでに別件が入っているという。長期出張中の榊課長代理は帰ってきている頃だが、本番前の関係者下見会が来週にもおこなわれるそうで、それには間に合わない。

それで、さすがに入社したばかりの櫂人に講師は無理だろうから澪に、というのが安田の説明だった。

「講師をできるのがいつまでも僕と榊さんだけじゃまずいよね」と、安田は急に上司ぶって（上司なのだが）澪に言っていた。

だがそこで良子が、澪は今一番忙しい時期でもあるし、何も講師までやらせなくてもいいだろうと助け船を出したのだ。まだ講師の経験がないのに、いきなり大役を振られて困惑していた澪をフォローするためだろう。

「土曜日、多摩川で観察会をするんだったら、その時にレンジャーに頼んできたら？」というのが良子の提案だった。

レンジャーといっても、特殊部隊員などではない。

月読記念財団は、全国にある自然公園などのうち数カ所の管理運営を環境省や自治体から受託しており、それぞれに数名ずつレンジャーと呼ばれる自然観察指導員を派遣している。今日これから訪ねる多摩川河口自然公園は、財団が運営を受託した、レンジャーのいる施設だった。

そのようなわけで、レンジャーに瑞光物産の観察会講師を引き受けてくれないか相談するためにも、澪は今日同行しているのだ。

「レンジャーの方、スケジュールが合うといいですね」櫂人は澪に言った。

「そうですね……」

澪が祈るような声で答える。

レンジャーが講師を引き受けてくれるかどうかで、澪の負担はだいぶ変わってくるはずだ。講師となれば、下見段階から相当な準備が必要になる。ましてや、瑞光物産の社有林は初めて訪れる場所なのだ。

課のメンバーのスケジュール管理担当である良子に、それぞれが抱えている業務量を見せてもらったところ、澪はダントツで多かった。

澪はイベントの運営を複数受け持っている他、ネイチャーツアーなどの業務を多数担当していた。ツアーは旅行会社が主催するもので、同行はしないまでも企画監修や講師手配をおこなっており、他にもライターへの原稿依頼や、時には自ら執筆もしているという。

どんな業界でも同じで、一つひとつは小さな仕事でも、それが重なるとけっこうな負荷が掛かってくるものだ。

そうした状況で、自分が原因で澪の負担を増やすのは忍びない。

氷室専務が自分に命じた仕事の巻き添えを食う形になった澪に、櫂人は心の中で謝った。

それにしても、専務はなぜ瑞光物産とその社有林の案件に自分を関わらせようとしているのか。そこに、どんな秘密があるのだろうか。

専務の意図は、未だによくわからない。

やがて、待ち合わせ時刻である七時の十分前になって、大きな欠伸（あくび）をしながら大吾が現れた。

大吾は、いつでも眠そうである。昨日までは、財団がおこなっている事業などについて各担当者の講義を受ける時間があったのだが、大吾は櫂人の隣で時々船を漕（こ）いでいた。何度となく肘（ひじ）を当てては目を覚まさせたものだ。

それから五分ほどの間に、享平ともう一人、初対面の人物が相次いでやってきた。

そのもう一人は、ポケットのたくさんついたベストを着て、大きめのカメラバッグと三脚を抱えた男性だった。人なつこそうな目の下、口の周りは髭（ひげ）で覆われている。

「こちら、今日の講師を務めていただく、フリーカメラマンの前畑篤（まえはたあつし）さんです」

享平が紹介してくれたので、櫂人と大吾は「はじめまして」と挨拶した。

大吾がぎこちなく名刺を取り出し、渡している。

澪が発注を忘れていた櫂人の名刺は、まだできていなかった。

名刺がなくて、と櫂人は前畑に小声で詫（わ）びた。澪に気を遣ってのことだ。それに気づいたのか、澪が胸の前で小さく両手を合わせ、すみませんというジェスチャーを送ってきた。

前畑は年上にも見えたが、話してみると案外若く、櫂人とそう変わらないらしい。

「このところ、月読財団さんからはいろいろ仕事をもらってありがたい限りです」

前畑は言った。広報課が発行している会報誌で、毎号のように前畑の写真を使っているのだ。

「写真を撮るだけでなく、観察会の講師もされるんですね」櫂人は訊いた。

「はい。最近は写真の仕事も減ってしまって。他にも何かあったらぜひお願いしますね」

その時、澪が言った。

「バスが来ましたよ」

バスの行き先は、多摩川河口に近い、運河に囲まれた埋立地だ。

そこに池や草原が自然とでき、野鳥を始めさまざまな生き物が定着したことから、自然観察や環境教育を目的につくられたのが多摩川河口自然公園である。

人工とはいえ、中心にある池やその周辺に生い茂る草木、運河に面した部分の干潟など、かつて多摩川河口で見られた多様な自然環境が復元された公園だ。

土曜早朝の埋立地方面行きバスに乗り込む人は、櫂人たち五人の他にいなかった。

トラックの行き交う道路を二十分ほど揺られ、公園前のバス停で降りる。四月の霞んだ青空を、羽田空港から離陸したばかりのジェット旅客機が飛び去っていくのが見えた。

緑に覆われた敷地に一歩入ると、思った以上に静かだった。鳥の鳴き声が響いている。

入口近くの芝生の広場に面して建つのが、管理事務所を兼ねたネイチャーセンターだ。

センターの中は、グレーがかったパステルカラーの内装が施されていた。こうしたカラーリングは平成初期に公共施設でよく見られたような気がするが、時を経て色は褪せかけ、バブル期の夢の跡という印象も受ける。

その奥にある会議室で櫂人たちが待っていると、背の高い女性が入ってきた。カメラマンの前畑と同じような、ポケットがいくつもついたベストを着ている。

彼女は澪と享平、前畑に「久しぶり」と笑顔で声をかけた後、櫂人と大吾のほうを向いて言った。

「はじめまして、多摩川河口自然公園のチーフレンジャー、竹内真由美（たけうちまゆみ）といいます」

真由美は、すらりと伸びた足が印象的な、色白の美人だった。野外での労働に従事しているようにはとても見えない。櫂人の隣で、大吾はすっかり見惚（みと）れてしまっている。そっとつつくと、慌てて表情を引き締めなおしていた。

新しい女性に会う度にこれでは、ちょっと思いやられる。櫂人は苦笑いした。

すぐに、今日の観察会の打ち合わせが始まった。

前畑はここには何度も来ており、園内を回るルートなどはほとんど把握しているそうだ。打ち合わせは、今見られる鳥や生き物について最新情報の確認が主だった。真由美によれば、アライグマをこの一カ月ほどの間に何度かレンジャーが目撃しているという。

この公園には、真由美の他に二名のレンジャーがいた。

レンジャーは自然観察の指導だけでなく、環境の管理や調査、ボランティアのコーディネート、地域との交流などさまざまな業務をおこなっている。今日の観察会では同行はしないものの、ネイチャーセンターに立ち寄れば適宜解説をしてくれるということだ。

そうやって必要に応じレンジャーに手伝ってもらえる利点もあるため、この種のイベントでは多摩川河口自然公園のような財団の受託施設をしばしば利用するのだと、澪が教えてくれた。

一通りの打ち合わせが済むと、真由美は貸し出し用の双眼鏡を持ってきた。たいていの参加者は持参するそうで、初めて参加する人の分に、大吾の分を合わせた数台だけだ。大吾は、いずれは自分のものを買うつもりだが、まだどれがよいか決めかねているという。

「速水さんはいいんですか？」

訊いてきた真由美に、櫂人は「自分のを持ってきました」と答え、リュックから双眼鏡を取り出した。

「変わったタイプですね」

横で見ていた澪が口にすると、他の皆も興味深げな視線を向けてくる。

前畑が言った。

「シュタイナー……ドイツのメーカーですよね。軍用の双眼鏡とかつくってる」

「貰(もら)い物で、これしか持っていなかったので」櫂人は答えた。

ちょっと見せてもらっていいですか、と訊いてきた前畑に手渡す。

双眼鏡本体に記された8×30という数字と記号を見て、前畑は「ふうん、八掛け三〇か」と呟いた。　倍率八倍、対物レンズの口径三〇ミリという意味だ。　接眼レンズを覗き込んでいる。

「やっぱり軍用だけあって、ミルスケールが入ってますね」

「なんですか、ミルスケールって」大吾が不思議そうに訊ねた。

「双眼鏡の視野に見える目盛りのことです。それをもとにして、対象物までの距離やその大きさを計算できるんですよ」

前畑は、「ミル」とはミリ・ラディアンの略で、角度の単位ラディアンの一〇〇〇分の一だと説明した。

「昔から軍隊で、射撃や照準に使われているものです」

へえ、と大吾が感心する。

「そういうのに詳しい友人がいまして、聞かされているうちに覚えてしまいました」

前畑はそう言って笑いながら、双眼鏡を櫂人に返してきた。大吾が見せてほしそうにしているので、そのまま渡す。

「ホントだ。なんか、戦争映画とかでこんなの見たことあります」

大吾は、隣の澪にも双眼鏡を回した。

レンズを覗いた澪が、「でもこれだと、生き物の観察の時にちょっと邪魔になりそう」と感想を口にする。

「やっぱり、観察用に別のを買ったらどうですか」

櫂人に双眼鏡を返しつつ、澪は少し先輩風を吹かしたように言ってきた。

観察会開始の九時を前に、参加者たちが公園入口に集まりはじめた。

二十人ほどの参加者はほとんどが中高年で、夫婦も多い。退職後、夫婦で共通の趣味として自然観察を始めたという人もいるのだろう。参加者の多くはこの講座のリピーターらしく、双眼鏡を首から提げている。

一人だけ若い男性の姿があったが、主催者であるカルチャースクールの職員だった。スタッフの腕章を安全ピンで袖に留めた櫂人たちは、参加者のうちあらかじめ連絡を受けていた人に貸し出し用の双眼鏡を渡していった。

澪が双眼鏡を持っていく先に、小学校低学年くらいの男の子を連れた若夫婦がいた。親子でお揃いのアウトドアブランドを着ている。まだ四月というのに、子どもは半袖Tシャツに短パン姿だった。

参加者の中で少し浮いた印象のその家族を見て、前畑は何か言いたげな顔をしていた。彼の言いたいことは、櫂人にも想像がつく。男の子の服装についてだろう。

前畑の表情には気づいていないらしい澪が、家族に「こんにちは」とにこやかに声をかけていた。名簿を見ながら「金村（かねむら）さんですか」と確認し、双眼鏡を渡している。

その後も澪は金村親子のところに残り、気さくな調子で雑談を始めた。貸し出しは全員分終わったし、他の参加者が中高年層ばかりなので、不安に感じているならやわらげようという意図かもしれない。

耀人もそこまで歩いていくと、男の子の脇にしゃがみこんだ。

「お名前は？」

「金村晴翔です」

「半袖短パンか。元気だね」

うん、と答えた子どもにかぶせるように、隣で母親が言った。

「今日は暖かくなるそうですし、せっかく自然にふれあえる機会なので」

「そうですか。普段は、自然にはあまり？」耀人は訊き返した。

「ええ、都心のマンション暮らしなものですから」

それとなく観察すると、親子が着ているウェアはどれも折り目がぴしりとついていた。下ろしたての新品のようだ。

「このカルチャースクールの講座には、初めてのご参加ですよね。こういう場は初めてですか」澪が訊ねる。

「ええ」

澪とやりとりする母親のすぐ隣には父親がいたが、会話に加わることなく、あらぬほうを眺めていた。

「ご主人もですか」

澪に呼びかけられて、父親は初めて澪と櫂人の存在に気づいたようだった。

「え……あ、はい。まあ」

「うちは、これまであまり自然と縁がない暮らしだったんです。夫は、ゴルフくらいは行っていましたが。でもほら、昨今はＳＤＧｓとかの世の中ですものね。もう少し知っておいたほうがいいかと思って」

母親が横から口を出してきた。

ゴルフを自然の中のスポーツと認識しているのならちょっと違うような気もするし、ＳＤＧｓの理解もだいぶ漠然としているが、櫂人は何も言わずに話を聞いた。澪も笑顔で頷いている。

「それで、この前息子のお友達の家族と一緒にキャンプに行ったんです――」

その後も話は続いた。

キャンプといってもホテル並みに至れり尽くせりの設備がととのったグランピングのようだが、どうやらそこで友達家族に自然の知識でマウントを取られることがあったらしい。なのでうちも、というのが今回参加した理由のようだ。

母親が話す間、父親は少し不機嫌な顔になっていた。余計な話をするなとでも思っているのかもしれない。

父親はそのうちに面倒くさくなったのか、スマートフォンを取り出して操作しはじめた。あまり関心はないのに、妻に渋々付き合っているようにも見える。

では時間になりましたのでそろそろ始めます、とカルチャースクールの職員が大きな声を出した。

前畑のところへ向かう前に、櫂人は晴翔少年に言った。

「道から外れて、草むらとかに入らないようにね。半袖半ズボンだと危ないことがある」

晴翔が、はい、と素直に頷く。

その横で、母親が急に不安そうな顔になった。

「何が危ないんですか?」

「危険な生き物がいるかもしれないので」

「そんなものがいるんですか? 公園なのに? 駆除しないんですか?」少し慌てた様子で訊いてくる。

「公園といっても、できるだけ自然な状態を復元した、自然公園ですから。何でも駆除するわけにはいきません。たとえばヘビなどもいますので、注意してください」

「ヘビもいるの?」

訊いてきた晴翔は、まるで怖がってはいないようだ。興味のほうが勝っているらしく、目をらんらんと輝かせている。

　では、と櫂人は金村親子の前から離れて前畑のところへ向かった。澪も一緒だ。背後から、「絶対に道から外れちゃダメよ」という母親の声が聞こえてくる。澪が、「あんまり怖がらせないでください」と注意してきた。

「すみません」と詫びた櫂人に、澪は「でも、あのご家族……」と何か口にしかけてやめた。彼女としても、いろいろと突っ込みたい点があるのかもしれない。

「まあ、取っかかりはどうあれ、自然に興味を持ってもらうのはいいことじゃないですか」と櫂人が言うと、澪は軽く驚いて「速水さん、大人ですね」と返してきた。

　観察会が始まった。

　多摩川河口自然公園の中心には大きな池があり、周囲は埋め立て時の盛り土で起伏に富んだ地形がつくられていた。今は草木が茂り、ちょっとした林になっている。

　その中の遊歩道を、一行は前畑の先導でゆっくりと歩いていった。鳥など生き物の姿を見かけたり、声が聞こえたりする度に前畑が説明し、参加者は双眼鏡を向けた。

　前畑や櫂人たちは首から提げた双眼鏡の他に、三脚つきの望遠鏡も肩に担いでいる。とまっている鳥をじっくり観察してもらうためだ。

　望遠鏡は高倍率ゆえ、レンズの視野は狭い。その中に見たい鳥を収めるのにはコツが必要である。さすがに享平や澪はこの程度は慣れたものだが、大吾はまだまだおぼつかないようだ。参加者に見せる前に鳥が飛び立ってしまうことが何度かあり、擢人は見かねて手伝った。

木の枝に留まったシジュウカラの位置を見極め、さっと望遠鏡を向ける。レンズの視野に入ったところでピントを調節し、待っていた参加者を「どうぞ」と手招きした。

擢人がてきぱきと望遠鏡を操る様子を見て、大吾は目を丸くしている。

「速水さん、経験者だったんですか」

「いや。バードウォッチングはほとんどやったことがないんだけど、望遠鏡なら前にちょっと使ってたんだ」

「へえ。じゃあ、星を見たりとか」

「まあ、そうだね」

その後も遊歩道沿いの草木や、それについている虫の解説などを交えつつ、前畑は皆を引率していった。

林から池のほとりに出て、空が開けたところで、前畑が皆に言った。

「池の上を、ミサゴが魚を摑(つか)んで飛んでます」

前畑の指差すほうを見ると、大きく翼を広げた鳥が一羽、両足でしっかりと魚を摑んだまま飛翔(ひしょう)していた。まるで魚雷を吊(つ)り下げた飛行機のようだ。

参加者から、「おおー」と驚いた声が上がる。

「ミサゴはタカ目――タカの仲間の鳥です。海岸や湖、川などの水辺に生息し、魚を好んで食べます。水の上を飛んで獲物を見つけると、急降下して捕らえるんです。狩りは成功したみたいですね。ちなみにああやって捕まえた魚を運ぶ時は、空気抵抗が少なくなるように進行方向に向けて縦に持っていくんです……おっと、もう一羽いますね」

前畑は、説明している途中でもう一羽の存在に気づいて指し示した。

見上げると、霞がかった青空を背に別のミサゴがゆっくり旋回していた。ほとんど真上だ。白っぽい翼の下面と腹がよくわかる。

「あいつはこれから狩りをするつもりかな。ものすごく目がいいので、あの高さから獲物を探せるんですよ。あれで、何メートルくらいの高さだと思いますか。ちなみにミサゴは翼を広げるとだいたい一五〇センチから一七〇センチくらいあります」

前畑の問いかけに、参加者たちは「一〇メートル」「二〇メートル」などと答えている。

櫂人はミサゴの姿を双眼鏡で追いながら、隣の大吾に「四〇メートルくらいかな」とぼそりと言った。ミルスケールを使って暗算したのだ。

対象物の大きさがわかっている場合、それを双眼鏡の視野に見えている目盛りのミル値で割って、一〇〇〇を掛ければ対象物までの距離が計算できる。

レンズの中、銃の照準のようなミルスケールでミサゴの翼の端から端までを測ったところ、およそ四〇ミルだった。ミサゴの翼開長（よくかいちょう）を一・六メートルとすると、一・六割る四〇、掛ける一〇〇〇で、四〇メートルということだ。

求められた値は双眼鏡のレンズからミサゴまでの距離であり、実際には多少斜めに見上げているわけだから、水面からの高さとは異なる。とはいえ、ほぼ真上にいるので誤差の範囲だろう。

前畑が「あれで四〇メートルくらいだと思います」と正解を告げると、皆は「そんな高さから魚が見えるんだ」と感心した。

前畑は、ミサゴが狩りをする時の習性や、長年の撮影経験から判断したと話している。

「すごい、速水さんもよくわかりましたね」

大吾は驚いた顔で櫂人に言ってきた。

「ああ……。さっきこの目盛りの話を聞いて、使い方をスマホで調べたんだ。それで試してみただけだよ。暗算はちょっとだけ得意なんだ」

「それにしても、すごいですね。速水さん、マジ尊敬しちゃいます」

「よしてくれよ」

うっかり口にしなければよかったなと、少し後悔した。

やがてミサゴは、翼をすばやく羽ばたかせると空中の一点で静止するホバリング飛行をおこない、次の瞬間には水面へ向けて急降下していった。獲物を見つけたようだ。

「そういえばミサゴは英語でオスプレイっていうんですよ。そんな名前の飛行機がありますね……」

前畑の説明を聞いているうちに、櫂人の目に映るミサゴは違うものに形を変えていった。ホバリング状態から急速に降下していくCV-22Bオスプレイ特殊作戦機——。

「どうしたんですか」

大吾が、顔を覗き込んでいる。

「あ、ああ。ごめん、ちょっとだけぼうっとしてた」

「寝不足ですか？　速水さんでもそういうことあるんですね。みんな動き出しましたよ」

「わかった。行こうか」

櫂人は頭を振って歩きはじめた。池のほうを見ると、もう一羽のミサゴは残念ながら狩りに失敗したようで、近くの木の枝に何も持たずにとまっていた。

その後、池沿いを進んでいくと、また別のところで前畑が水面を指差した。

「岸辺の水面を覆っている葉っぱが見えますか」

前畑が示しているのは、菱形（ひしがた）をした水草の葉だ。

「オニビシです。この葉っぱの下、池の底には長い根が伸びています。まだ花の時期ではありませんが、花が咲いた後の実が面白いんです。ネイチャーセンターに展示されてましたので、よかったら後で見ていってください。果実は、すごく硬くなるんですよ」

へえ、と感心する参加者たちに、前畑はクイズを出題した。

「昔、ある人たちはこれを利用していました。誰が何に使っていたと思いますか」

皆、首をひねっている。

前畑はヒントを出した。

「オニビシは、ヒシの仲間です。硬い『ヒシ』といえば……？」

「まきびしだ！」参加者の一人が言った。

「正解です」

前畑が笑って答える。「忍者が逃げる時にばらまいて、敵を足止めするのに使う道具ですね。まきびしって、四方にトゲトゲが出てるイメージかと思いますが、オニビシの実は本当にそういう形なんです。どんなふうに実を置いても、四本あるトゲのどれかは常に上を向くようになります。これで相手の足を傷つけるわけです。まきびしとは、そもそものオニビシや、同じヒシの仲間であるヒメビシの実を乾かして使ったものだったようです。木製や鉄製に比べてはるかに軽く、持ち運びしやすいですしね」

説明が終わって再び移動を始め、遊歩道がまた林の中に入ったところで、櫂人はふと気になって金村親子の姿を探した。

晴翔は興奮した様子で双眼鏡をあちこちへ向けているが、母親はそれに付き合うだけで自分自身はそれほど楽しんでいるわけではなさそうだ。父親に至っては、双眼鏡を使いもせずにずっとスマホをいじっている。

澪も、歩きながら親子を見ていたらしい。少し残念そうな顔をしていた。自然に関心を持てないということが信じられないのだろう。

この業界にいると、そう思いがちなのかもしれない。だが、世の中の案外多くの人は、自然に関心がないこともたしかだ。都会で暮らしていれば、自然など意識しなくても生きていけるし、大切さを説かれてもピンとこない人はいる。

その差を埋めるのは、なかなか大変だ。

そんなことを櫂人が考えていると、何か見つけたらしい晴翔の声が聞こえてきた。ちょうど隣を歩いていた大吾に訊ねている。

「おにいちゃん、あれは鳥の子ども？」

立ち止まった晴翔の指差すほう、遊歩道から奥まったところに立つ大きなクスノキの根元で、小さなふわふわしたものが動いている。

それが何かは、双眼鏡を使わずともわかった。

「あ、えーと……」

大吾が言いよどんでいると、隣に行った澪が答えた。

「スズメのヒナよ」

「かわいい！」

そう言った晴翔は、すぐに心配そうな顔になった。

「もしかして、巣から落ちちゃったのかな。助けにいかないと」

「大丈夫」

「どうして？」

「あれはね、飛ぶ練習をしているところなの。一人でいるように見えるけど、どこかでお母さん鳥が見守ってるはずだよ」

「そうなんだ」

安心した顔になった晴翔だが、すぐに別の可能性を思いついたらしい。

「でも、さっき大きなカラスがいたよ。狙(ねら)ってるのかもしれない。そうしたら、お母さんが来てもやられちゃうかも」

「そうだね。そういうことはあるかもしれない」

「ええっ！　かわいそう」

「うん。かわいそうだね。だけど、生き物の世界はきびしいの。そうなることに備えて、たくさんの子どもをつくるようにしてるんだよ。ヒナたちみんながおとなになれるわけじゃないの。それに、もし全部のヒナがおとなになったら、世の中はスズメだらけになっちゃうでしょ。スズメをエサにしてる他の生き物だって、スズメが食べられなかったら、お腹がすいてかわいそうじゃない？」

「うーん……」

澪は自然の摂理を語って聞かせたが、晴翔はわかったようなわからないようなといった顔だ。

その間にも、前畑や他の参加者たちは先へ進んでいた。享平は、先頭を行く前畑と一緒にいるようだ。晴翔のことは澪に任せて、櫂人と大吾は再び急ぎ足で歩き出した。

すぐに何人かの参加者を追い越す。その中には、晴翔の両親の姿もあった。

この位置にいるということは、晴翔は自由に行動させているのだろう。先ほどの、澪と晴翔の会話も聞いていなかったはずだ。

やがて、澪が追いついてきた。

櫂人は訊いた。

「あの子、納得してくれましたか」

「どうでしょうね。まだ難しいとは思いますけど……」

澪は少し困ったような顔をして言った。

「大人だって、理解してくれない人はいますからね。この時期は、ヒナが落ちててかわいそう、どうしたらいいですかっていう問い合わせがわりと頻繁に来るんですよ」

「そうなんですか」

「たいていはさっきみたいな説明をすればわかってもらえるんですけど、中には反発する人もいて。もう連れて帰ってきちゃってる場合もあるんです。迷子や怪我と勘違いしてるんですね。親鳥が見守ってるからもとの場所に戻してくださいって伝えると、見殺しにしろっていうの、なんて怒り出すこともあります」

横で話を聞いていた大吾が、ええっ、と少し引いたようなリアクションをした。

「もちろん死んじゃうヒナだっているから、目の前にいたら助けてあげたいっていう気持ちはわかりますけど……。なんていうか、保護と愛護の違いっていうのか……」

「理解してもらうのは、難しそうですね」

「そうなんです。そういう電話、けっこうきますよ。電話といえば他にも、うちの財団をいかがわしい宗教とか政治運動とかと一緒くたにしていきなり怒鳴ってくる人とか……。本人の思い込みなんですけど。でもまあ、それだけわたしたちの活動は大勢の人に見られてるわけで、注意してやらなきゃいけないということですね」

澪はそこまで話すと、「望遠鏡を担いだスタッフが固まってるのはよくないですね。わたしはもう少し前のほうに行きます」と足を速めて先へ向かった。他の参加者たちを追い抜いていく。

「我々も、ばらけたほうがいいね」

そう大吾に言った耀人は、周囲を見回した。

いま耀人たちは、大きく延びた参加者の列の中ほどにいる。

そういえば晴翔くんはどうしただろう。

耀人は、後続する人たちを振り返った。

晴翔の両親はすぐにわかった。何か話し合っている。というより、口論しているようにも見えた。父親の持つスマホを母親が指差している。

両親の後ろに、晴翔の姿は見えなかった。

嫌な予感がして、耀人はコースを逆に戻っていった。その意図を察したのか、大吾も後からついてくる。

晴翔の両親に近づいていくと、言い合っている内容が聞こえてきた。

抑えた声ではあるものの、わりと激しい口調だ。スマホばかり見て、と詰問する母親に、初めから来たくなかったんだ、と父親が言い返している。延々とスマホをいじり続けていることに、母親がしびれを切らしたようだ。

しかし、今はそれより大事なことがあるだろう。

耀人は声をかけた。

「すみません、晴翔くんはどうしましたか」

急に話しかけられた二人は、揃ってぽかんとした顔になった。一拍おいてから、「あ、ああ……」と後ろを振り返る。

だが見える範囲、林の中の遊歩道をこちらへ向かってきているのは、一人で参加していた中年男性が三人だけだ。晴翔の姿はない。

「……晴翔？」

母親は、ようやく状況を把握したのか、震えたような声を出した。父親も、おろおろしはじめている。

耀人は担いでいた望遠鏡を大吾に預け、遊歩道をさらに戻っていった。

「待ってください！」

大吾が慌てた声で呼びかけてきた。

「他のスタッフに状況を伝えて」と返事をし、遊歩道の両側を確認しながら早足で進んでいく。

ここまで来る途中、最も事故の可能性が高かった場所といえば、池だろうか。あるいは……。

追いかけてくる気配にちらりと後ろを見ると、晴翔の両親だった。さすがにうろたえている場合ではないと気づいたようだ。

――そうだ。

「お父さんとお母さん！　少し先の、道から入ったところに大きなクスノキがあります。

そのあたりを探してみてください。私は池のほうを見てきます」

　燿人は両親にそう伝え、自分は足を速めてさらに先へ向かった。

　池のほとりに着き、急いで水際を確認する。

　変わった点はない。誤って落ちたということではなさそうだ。

　やがて、林の方向から「晴翔！　何やってたの」という声が聞こえてきた。先ほど両親に伝えた、クスノキの大木のあたりだ。

　やはり、読みは当たっていたらしい。少し気を遣いすぎかとも思ったが、両親に見つけさせてよかった。見つかったのなら、それほど急がなくてもよさそうだ。

　――いや、でも。

　燿人がクスノキのあたりまで戻ると、両親が晴翔を林の中から遊歩道へ連れ出してきたところだった。

「晴翔！」

　叱られたらしい晴翔はべそをかいている。

　まだ何か言おうとする母親を、「まあまあ、お母さん」と燿人はなだめ、晴翔の横にしゃがんだ。

「いったい、どうしたんだい」

「ヒナ……ヒナが……」

しゃくり上げながら、晴翔は必死で答えようとする。

ああ、やはりそうか。

「だからヒナがどうしたんだ」

今度は父親が急かす。

耀人には、晴翔の言いたいことはもうわかっていた。

だが、それは後でゆっくり聞けばいい。それよりも、今は。

「晴翔くん。大丈夫だ。ヒナは無事だったんだろう？」

耀人は、晴翔を落ち着かせるように穏やかな口調で訊ねた。

「……うん」

「それならよかった。ちょっとだけ、手と足を見せてくれるかな」

そう言って耀人は、服に覆われていない晴翔の両手と両足をすばやくチェックした。

すぐに、半ズボンから出ている右足のふくらはぎに黒い点を見つけた。おできのようにも見えたが、違う。

顔を近づけて確認する耀人の様子に、母親が気づいた。

「どうしたんですか」心配そうな声だ。

「虫です」

それは、七、八ミリ程度の小さな茶褐色の虫だった。耀人がそっと指先で触れると、わずかに動く。

父親が、晴翔に言った。

「そのくらい、どうってことないだろう。さっさと払っちゃいなさい」

「いえ、待ってください」

燿人は、父親の言葉に従おうとする晴翔を止めた。「マダニです」

「ダニですか。それが何か」

父親は、よくわかっていないようだ。

燿人は説明した。

「マダニは、吸血性のダニです。ハラー氏器官という感覚器で哺乳類の匂いや振動を探知し、飛びついて血を吸います」

「蚊みたいなもんですか」

「いえ……。蚊にもリスクはもちろんありますが、マダニはもう少し厄介なんです」

マダニは、いくつもの感染症を媒介する。

中でも最近事例が増えているのは、重症熱性血小板減少症候群だ。感染した場合、潜伏期間を経て三十八度以上の発熱や、嘔吐・下痢などの消化器症状、頭痛・意識障害などの神経症状が発生する。重症化するケースもあり、致死率は二七パーセントという報告もある。対症療法のみで、治療薬やワクチンは存在しない。

これは、二〇一一年に初めて中国で報告された感染症だ。日本国内でも二〇一二年以降、初めは西日本中心に見つかっていたものが徐々に東へ拡大しており、マダニが寄生するシカやイノシシ、アライグマなどの生息域が広がったこととの関連も指摘されている。

生息域拡大の要因としては開発で住みかを追われたことや温暖化などが考えられるが、アライグマについてはそもそもペットとして外国から持ち込まれた後で捨てられ、野生化した外来生物だ。それが、マダニの運び屋になってしまっているのである。

「とにかく刺されないようにするしか、対策はありません。なので草むらに入るような野外活動の際には、肌の露出は極力避けるのが基本なのですが……」

「だったら、先に言ってくれないと！」

父親は声を荒らげた。やや理不尽な気もするが、晴翔の半袖半ズボンに気づいた時、そのリスクを伝えなかったのはたしかだ。せっかく自然に親しもうとしている家族に水を差すのもどうか、という気持ちがあったのは否めない。

そこに、大吾がやってきた。晴翔が見つかったことを確認して、澪にスマホで連絡を取っている。とりあえず大ごとではなさそうです、と報告していた。

しかし、電話を終えた大吾はマダニと聞いて驚いた顔になった。そのくらいの知識は持っていたらしい。

吸いつかれた当人の晴翔は、どこまで状況を理解しているのかわからないが、気持ち悪そうではある。手を伸ばしてマダニを払おうとしていた。

「待って。無理に取ろうとすると、口だけ残ってしまうことがあるんだ」

マダニは、口を皮膚に刺し込んだ際にセメント状の物質を放出し、頭部を固定する。そのため力任せに引き抜くと、取れて残ってしまった口器のせいで皮膚炎が生じるケースもあるのだ。

放っておいて目一杯血を吸わせれば自分から抜け落ちるが、血を吸い終えるまでには長い場合で一週間以上かかり、その間にウイルスが身体に入ってしまうリスクは上昇する。できるだけ早く取り除くに越したことはない。

「どうしましょうか」

櫂人の横に来た大吾が、焦った口調で言った。「やっぱり前畑さんを呼びに行ったほうがいいですかね。いや、ネイチャーセンターに戻って竹内さんか……」

そんな声を出したら不安にさせてしまうぞと思ったが、遅かった。

「ああ、早く病院に」

母親は今にも泣き出しそうだ。

「大丈夫ですよ」櫂人は、落ち着いた声で言った。

「吸血を始めてだいぶ経った後だと、たしかに処置を急いだほうがいいんですが、おそらく取りついたのはついさっきでしょう。まだマダニの身体はふくらんでいません。血を吸っていないこの段階なら」

耀人は、自分の袖に留めた腕章から安全ピンを取り外した。

大吾にも、腕章の安全ピンを貸してくれるように頼む。

耀人は両手に持った二つの安全ピンを、晴翔のふくらはぎに近づけた。

「痛くしないようにするから、大丈夫。こわかったら、見ないでいて」

怯(おび)えた表情の晴翔に声をかけ、二つのピンでマダニの胴体を挟みこむ。

先端ではなく、針のお腹の部分を使ってつまむようにする。力を入れすぎてつぶした場合、マダニの口から逆流したウイルスが皮膚の中に流れ込んでしまうおそれがあるためだ。

角度に気をつけて、すっと持ち上げる。

あっさりと、マダニは晴翔のふくらはぎから離れた。口器も残っていない。

「皮膚に食いついたばかりだったので、簡単に取れました。大丈夫とは思いますが、念のため皮膚科で診てもらったほうがいいでしょうね」

両親や大吾から、安堵(あんど)のため息が漏れた。

晴翔はといえば、さっき泣いていたことも忘れたようにけろりとしている。

それからあらためて聞き出したところでは、晴翔はやはり、あのスズメのヒナが気になって引き返したのだという。そうすると、心配したとおりカラスが近くに来ていたのだそうだ。それで晴翔は遊歩道から林の中に入ってカラスを追い払い、その後もカラスが戻ってこないか見張っていたというわけだ。

「ごめんなさい。そういうこと、しちゃいけないんだよね」晴翔は蚊の鳴くような声で言った。

「カラスも生きるために必死なのは、わかるね」

「うん」

「だったら、今日はそれでいいよ。晴翔くんのやさしい気持ちは、えらいと思う」

櫂人は微笑んでみせた。ちょうど、スズメの声がした。親鳥だ。ヒナの小さな声も混じっている。

「聞こえたかな」

晴翔が頷く。

「君が守ったんだ」

櫂人はそう言って、晴翔の頭を撫でた。

観察会はまだ続いている。

しかし、晴翔の両親はこれ以上ここにいる気分ではなくなってしまったようだった。もちろん、無理に引き留めることはできない。

「また来てくださいね」

大吾の連絡を受けて戻ってきた澪が声をかけたが、両親はそれに硬い顔で会釈を返しただけで、晴翔の手を引いて去っていった。

そうしたアクシデントはあったものの、観察会は当初の予定どおり昼前に終了した。参加者たちを見送った後、櫂人たちはネイチャーセンター内の会議室で観察会の振り返りをおこなった。

話に入る前、澪は真由美や他のレンジャーに瑞光物産の講師の案件を相談したものの、誰ひとり日程が合わなかったようだ。今は櫂人の隣で、残念そうな顔をしている。

振り返りでは、園内でマダニが観察された件、そして晴翔の件に多くの時間が割かれた。晴翔に関していえば、小さな子どもがいるのに、両親に任せておけば大丈夫という意識があったのは否めない。しっかり見ていなかったのは反省点だ。

澪が、晴翔の親について感想を述べた。

「まあ、あのご両親にはちょっと言いたいこともありますけど、晴翔くんを見つけたわけですし、そこはさすがに親御さんですよね」

「あ、でも最初に探しに向かったのは速水さんでしたよ」

大吾がフォローしてくれる。

ありがたいとは思うが、櫂人は言った。

「いや、僕は池のほうを調べてたから。見つけたのはたしかにご両親です」

真由美が、櫂人に視線を向けてきた。最もリスクの高い場所を最初に確認したことに気づいたのかもしれない。

ただ、それには触れずに真由美は言った。

「速水さん、マダニの件の対応ありがとうございました。施設の運営側としても助かりました。ずいぶんすばやく処置してくれたみたいで」

大吾も、しきりに頷いている。「マジすごかったですよ、速水さん」

「あ、いや、たまたまです」

「正直、のんびりした感じの方だなあ、なんて思ってたけど、救急医療か何かの経験をお持ちなの」真由美が訊いてきた。

「いえ、まあ……前の仕事で覚える必要がありまして」

「公務員の仕事で？」

真由美には、最初の挨拶の際にその程度は伝えていた。

「役所で環境系のお仕事をされてたんですって」

享平が横から言った。初日に訊かれて答えたとおりだ。間違いとも言い切れないので、特に訂正はしない。

「そこでたまたま知ってただけです。役に立ってよかった」

そう言った櫂人に、前畑は感心している。

「さっき佐々木さんから聞いたんですが、速水さんは双眼鏡のミルスケールもさっそく使っていたようですし、この仕事向いてるんじゃないですか。ミルスケールをそんなにすぐに使いこなす人なんて、私に教えてくれた友人以来です」

「その人って、もしかしてライターの栗原さん？」真由美が訊ねる。

「そうですよ。ああそうか、竹内さんは彼のこともご存じでしたね」

「面白い人ですよね。何度か一緒にお仕事したけど、元気にしてるのかな」

「最近は、自然系でも他の団体さんとの仕事や、あとミリタリーとかオカルト関係の仕事も多いみたいですね。ちょっと前にはカンボジアだかどこだかに行ったとか言ってました。相変わらず元気そうですよ」

櫂人と大吾にとっては知らない人物だからだろう、栗原氏について真由美が補足してくれた。

「栗原さんは、前畑さんを月読記念財団に紹介してくれたライターさんなの。そうそう、前畑さんにとっては、奥さんとの間をつないでくれた人でもあるんですよね」

それを聞いて、享平が言った。

「あの人、付き合い広いですもんね。会う度に女性に振られた話ばかりしてますけど」

皆がどっと笑う中、前畑だけは引きつるような硬い笑顔だったことに、櫂人は気づいた。

第二章

土曜日に多摩川河口自然公園へ出張した後、翌週の月曜日から櫂人は再び南新宿事務所での勤務となった。ラフな格好でよいと言われたので、アウトドアウェアで出勤している。

櫂人に、まだそれほど仕事はない。

ちなみに、まだ名刺もない。澪はすぐに発注すると言っていたが、どうも忘れているようだ。

この日も澪は朝から急ぎの案件に追われているらしく、そんな細かいことを訊いて作業の手を止めさせるのも申し訳ない気がした。

手伝いをしたくとも、澪には何を手伝ってほしいか教える暇すらなさそうだ。今も電話に向かって話し込んでいる。

朝一番に頼まれた原稿チェックの作業を早々に終えてしまい、櫂人はネットを開いた。

瑞光物産と、その社有林について調べるためだ。

氷室専務から調べておくよう言われたこともあるが、澪の助けになるような情報が見つかればという思いもあった。多摩川のレンジャーに瑞光物産のイベント講師を断られた澪は他の公園のレンジャーにも相談していたが、結局誰も日程が合わないらしく、彼女自身が講師をせざるを得ない状況になっている。

その瑞光物産は、誰もが知るような大手総合商社である。

瑞光物産が手がけているさまざまな事業の中の一つが、林業だ。全国各地に社有林を持ち、中でも東京に一番近いものが、今回のイベントの開催地である神奈川県西部、丹沢の社有林だという。

そうした基本情報は、瑞光物産の公式ウェブサイトで把握できた。サイトには、同社は戦前から続くかなり歴史の長い会社であり、横浜に記念館があるとも書かれていた。

もう少し深い情報を得ようと、その後も過去の新聞記事やＳＮＳ、個人のサイトなどを櫂人は検索していった。

さすがに大きな会社だけあって、玉石混淆、さまざまな検索結果が出てくる。

目を通していくと、ＳＮＳには会社の不正を告発するような書き込みもちらほらと見つかった。

信憑性に欠ける、単なる誹謗中傷も多いが、関連した書き込みの中に一つだけ妙に引っかかるものがあった。

社有林がある小さな町で、不穏な事件が度々起きているらしいのだ。半グレのような二人組が、地元の店や街なかで一般人に因縁をつけ、金を巻き上げたり暴行したりしているという。それなのに、警察は動いていないようだ。警察なのか議員なのか、とにかく有力者とのコネがあることを、地元の人間らしい書き込み主は匂わせていた。

もっとも、噂レベルの話ではある。明確な証拠はなく、書き込み主の主観が入っているかもしれない。それに、その件と瑞光物産との間に、直接の関係は見いだせなかった。

一応頭の片隅に留めておくことにし、他の検索結果を読みはじめると、櫂人の隣の席で澪が小さなため息をついた。

澪はつい先ほどまで電話に向かっていたのだが、受話器を置いたところだった。漏れ聞こえてくる話から、電話の相手は今まさに調べている対象の瑞光物産らしいとはわかっていた。

例のイベントの件で、先方の担当部署であるCSR推進部と話していたようだ。初め、澪は朗らかに受け答えしていたものの、話が進むうちに彼女の声のトーンはどんどん暗くなっていった。

電話を終えた後も何か考え事をしているような澪に、櫂人は話しかけた。

「どうかしましたか」

「あ、えーと……」

澪ははじめ少し迷った様子だったが、結局電話の内容を教えてくれた。

電話は、今回引き受けたイベントの細かい部分が徐々に決まってきたというものだった。社有林でおこなう自然観察会の参加者は、社員とその家族あわせて最大五十人ほどになるという。

「助手じゃなくてメインの講師を初めて受け持つのに、いきなりそんな大勢ってなかなか厳しいなあと思って……」

少人数対象ならなんとかなると考えていたようだが、五十人規模と聞かされて一気に自信がなくなったらしい。

「でも、わたしもちゃんと講師ができるようにしないといけないのはたしかですし。大丈夫です。なんとかなります」

澪は自分を励ますように笑ったが、硬い声からは内心そうではないことが察せられる。

櫂人は、自分の巻き添えで澪にこんな思いをさせていることに、あらためて心苦しさを覚えた。

櫂人の気持ちなど当然知る由もない澪は、そこで話を終わらせた。

「さて、仕事しましょ」

「……はい」

自分のパソコン画面に向きなおった櫂人は、メールが着信しているのに気づいた。氷室専務からだ。

今日は、事務所で専務の姿を見かけていない。どこか他のところから送信しているのだろう。

メールを開く。

『土曜日は、休日出勤ご苦労様。さっそく子どもを助けて活躍したそうじゃないか。人助けは当然だが、あまり怪しまれないように頼むよ』とあった。

それに続けて、瑞光物産の調査の進捗（しんちょく）を訊（たず）ねてきている。

櫂人は、つい先ほどネットで調べた内容を簡潔にまとめて返信した。

ＳＮＳで見つけた噂のことは真偽不明であるため書かなかったが、いささか物足りない報告になってしまった。やはりネットでわかる範囲には限りがある。今度、記念館とやらに足を運んでみようと櫂人は思った。

氷室専務からのメールは、瑞光物産と社有林に何があるのか、なぜ櫂人に調べさせているのかなど、肝心なことには今回も一切触れられていなかった。いったい、専務はどういうつもりなのだろうか。

――まあ、今はこれ以上考えても仕方がない。

櫂人は、少し考えてもわからないことは、意識の外に置くよう自らに課していた。自分には手の打ちようがない事柄をいつまでも悩み続けていると、メンタルの迷いがパフォーマンスに影響を及ぼしてしまう。以前の仕事において、それは生死に直結しかねないことだったのだ。

その時、普及課に向かってつかつかと歩いてくる人物に櫂人は気づいた。

小柄な男性だ。目を吊り上げて、どこか憤っているようにも見える。

この男性とは、研修の際に挨拶をした記憶がある。たしか総務部経理課の、岡島一也という名の職員だ。

櫂人は「おつかれさまです」と声をかけたが、岡島は軽く頷いただけで、机の島を回り込み安田の席の隣に立った。

「安田さん」

冷たい声に、「は、はい」と安田が怯えたように答える。

岡島は特に役職についているわけでもなく、安田は部署は違えど課長であるはずなのだが、まるで立場が逆転しているようだ。

岡島は言った。

「あのですね、もう何度目のお願いになるかわからないんですが」

「はい」と、安田。

「倉庫スペースの整理、いつまで経っても普及課の棚だけやっていただけてないのは、どうなってるんですかね。捨ててもいい昔の資料とか、たくさんあると思うんですよね」

倉庫スペースとは、普及課の島から見てオフィスの反対側の隅にある、スチール棚が何本か並んだエリアのことだ。そこに、各部署が保管したいものを収めているのである。

岡島は経理課の所属であると同時に、総務課も兼務していると聞いていた。小さな団体である月読記念財団では複数の部署を兼務する職員も多く、経理課だからといって帳簿だけつけていればよいということはない。岡島は総務課の仕事として、事務所内の整理整頓も担当しているというわけだ。

「あー……えーと」

何かごまかすつもりなのか、言葉を選んでいる様子の安田に、岡島は重ねて言った。

「去年は宗像さんがちゃんとやってくれてたのに、どうしちゃったんですか」

宗像氏とは、以前に澪の話にあった、昨年度中に退職した人のことだろう。

「今週中……いえ、明日までに片づけてもらえませんかね」

そう言い残し、肩を怒らせるようにして岡島は去っていった。

しばらくの間、普及課の皆は苦笑いを浮かべていたが、気を取りなおしたように良子が言った。

「しょうがない。いっそ、今みんなでやっちゃいませんか」

「そうですね」

享平が答え、澪も頷いた。安田も、「まあ、そうしましょうか……」と呟いている。まったく、どちらが課長かわからない。

仕事を中断し、櫂人たち普及課の五人は倉庫スペースへ向かった。

狭い間隔で並ぶスチール棚は、部署ごとに使う部分が指定されているようで、各課の名を記した紙が棚板に貼られていた。

ほとんどの棚はきちんと整理されているが、大きさの不揃いな段ボール箱が雑然と詰め込まれた棚があった。箱からは望遠鏡の三脚やら電源のコードやらがはみ出している。

そこが、普及課に割り当てられた部分だった。

箱の中を覗き込むと、貸し出し用の双眼鏡や、本やファイル類などさまざまなものが放り込まれていた。

普及課の忙しさは櫂人にも早々にわかってきているとはいえ、この散らかり具合を見れば、岡島の態度も理解できなくはない。

良子の仕切りのもと、五人で分担し、これまでばらばらの箱に仕舞われていたものを種類ごとに整理する作業を始めた。

櫂人は、分散していた大量のファイル類をまとめる担当だ。

背ラベルを見ると、過去に普及課が手がけたイベントなどを個別にファイリングしたものらしい。

「十年以上前の記録もありますね」

櫂人が口にすると、良子が言った。

「こんな昔の、取っとく必要あるんですかね」

　良子のやや毒のある口ぶりは、安田に向けたもののようだ。

「いつか使うかもしれないから……」安田が答える。

「使ってるのなんて見たことないけど」

　櫂人の隣で、澪が小さな声でぼやいた。享平も頷いている。

　入社して間もない櫂人としては、いささかリアクションをとりづらい。何もコメントはせずに作業を続けた。

　櫂人がファイルを詰め終わった段ボール箱を整理するのは、享平の仕事だ。

　棚に持ち上げた箱を並べ替えている享平に、櫂人は何げなく訊ねた。

「しかしこんなにたくさん資料があると、退職された宗像さんという方も整理が大変だったでしょうね」

「ああ……」

「ところで、宗像さんはどうして辞められたんですか」

「え？　……そうですね、ちょっと病気をされたみたいで。詳しいことは僕もよくわからないんです」

　享平の答えは、どこか曖昧だった。

　どことなく、腫れ物にさわっているかのような印象を受ける。急に硬くなった雰囲気を察して、櫂人はそれ以上質問するのを止めた。

享平が次の箱に手をかけた。床から持ち上げようとして、ぐっ、と苦しそうな声を出す。ふっくらとした顔が、みるみる真っ赤になった。

棚の上段に載せるつもりだったのだが、中段まで持ち上げたところで限界に達したらしい。また床のもとの場所に戻してしまった。相当重かったようだ。

「ああ、すみません。一つの箱に詰めすぎてしまいました」

櫂人はそう言うと、享平に代わって箱を持ち上げた。軽々と最上段に載せる。

享平が目を丸くして言った。

「速水さん、けっこう力持ちなんですね」

「あ……、ジムに行ったりしてるもので」

「そうなんですか。前は力仕事とかされてたのかと一瞬思いましたけど、役所だったらあんまり関係ないですかね」

「ええ、まあ」

「それにしても、せっかく公務員だったのにもったいないなあ。待遇段違いでしょうに」

そちらの話題にはあまり行ってほしくない。櫂人は話を違う方向へと誘導した。

「こちらの仕事のほうが面白そうだったものですから」

「たしかに面白いこともありますけどね……」

享平が口ごもる。

それから少し話してみると、享平は最初に勤めた会社を一年程度で辞めてきたことがわかった。

良子が、脇から教えてくれた。

「享平くん、前の会社から逃げたくて、うちに応募したんだって」

「逃げたっていうと人聞きが悪いですけど……まあ、ぶっちゃけそうですね。ひどいブラック企業でしたから。でも、僕が来てよかったこともあるでしょう?」

「たしかに、享平くんのおかげでシステム関係はだいぶ助かってるね」と、澪。

享平の前職は、システムエンジニアだったそうだ。その会社で働いた期間は短かったものの、それなりにシステムに関する知識は身につけているため、普及課の仕事の他にも、財団全体のシステム関係の仕事をかなり任されているという。財団に、システム専任の部署はないのだ。

そんなわけで享平の残業量は、けっこうなものになっているらしい。

「うちの財団、残業代ろくに出ないんですよ。ブラックから逃げてきた先もブラックだったってオチです。だいたい、基本給だって安いのはもうご存じですよね」

享平は愚痴った。

そのことは採用にあたって念を押されたし、研修の際にも各部署の担当者たちが口々に言っていた。それでも皆仕事を続けているのは自然保護への情熱という面が大きいのだろうが、厳しい言い方をすればやりがいの搾取と表裏一体でもある。

「そういうわけでうちは人の出入りが激しくて、平均年齢が三十歳まで行かないくらいなんです」享平が言った。

「失礼ですけど、速水さんはおいくつ」脇から良子が訊いてくる。

「三十三です」

「三十代仲間が増えてよかったよ」

安田が、話に入ってきた。

資料を取っておくことに皆から嫌みを言われた後、安田は少し離れたところで作業をしていたのだが、急に嬉しそうな顔になっている。ちなみに安田は三十八歳だという。

「うちの課で二十代は、相変わらず井川くんだけだな」

その発言はつまり、澪が二十代ではないと言っているようなものなのだが、安田はまったく気づいていないらしい。

当の澪は、黙々と箱にファイルを詰めている。彼女よりも、良子のほうが冷たい視線を安田に送っていた。

安田はその視線にも気づかず作業を続けていたが、しばらくしてようやく気がついたようだ。「ん？」と一瞬戸惑った顔になった後、「ああ、ごめん。浅羽さん」と言ってごまかすような笑みを浮かべた。

「ああいうところよ」

良子が、小声で糴人にささやいてきた。

澪はといえば、年齢どうこうよりも安田の態度に軽くいらっとしたらしい。じっとりとした半眼を安田に向けていた。初めて見る意外な表情に、糴人は少し笑ってしまった。

澪が、糴人のほうへ向きなおる。急いで笑みを消した糴人に、澪は言った。

「わたしの歳ならみんな知ってますし、別に隠しておくつもりもないので、かまいませんよ。速水さんと同い年です」

「ああ、そうなんですね」

うまいフォローの言葉が思いつかない。

糴人が困っていると察したのかどうかはわからないが、良子が話を変えた。

「そういえば速水さん、どこにお住まいですか」

「代田です」

「えっ、随分いいところじゃないですか」

糴人の住むマンションは、財団事務所の最寄りの南新宿から小田急線で六駅の世田谷代田にある。南新宿自体が新宿の隣なのだから、都心にもだいぶ近いといえた。

「まあ、それほど広い部屋というわけでもないので……。独り身ですし」

耀人が答えると、安田は笑って言った。

「そうそう。速水さんは独身でしたよね。じゃあうちのお給料でも安心か」

「その言い方もどうかと思いますけど」良子が突っ込む。

だが、安田はまるで気にしていない様子である。

「まあ、これでまたうちの課に独身組が増えたってことですね。既婚組は引き続き僕と浦上さんだけか」

「そうなんですか」

「ええ。あとはみんな独身です」

それを聞いた良子はすっかり呆(あき)れ顔になり、享平はあらぬ方向へ視線を向けた。

澪は、黙々と作業を続けている。

またしても安田がデリカシーのなさを発揮してしまった状況だが、澪が独身というのはそれほど気にするような話だろうか。

さすがの安田も冷たい空気を感じたのか、慌てたように話を変えた。

「あー、こんなところに前畑さんの写真のパネルがあったー」

やや棒読みである。

とっくに整理済みだった棚から安田が取り出したのは、大空を舞うオジロワシの写真パネルだった。それを見て、耀人は訊ねた。

「写真パネルの類は、外の倉庫にあるというお話でしたよね」

「ああ……これは例外ですよ。イベントで使うパネルのセットは、こないだ話したとおり外部の倉庫に預けてあります。これは、前に事務所の壁に飾ってたパネルです」

こないだ話した、というのは、瑞光物産の件と同じ時期に舞い込んできた別の案件のことだ。それもやはり氷室専務が取ってきた仕事で、例によって良子たちの冷たい視線を浴びつつ安田が説明したのだった。

法人会員のアスカデパートが開催する環境展に、写真パネルを貸し出すという仕事である。

月読記念財団には個人会員の他、企業などから継続的に支援してもらう法人会員制度があり、現状の会員数は百社ほどだ。企業側としては会費が寄付扱いになるメリットもあるが、自然保護への貢献という宣伝効果を重視している企業も多い。アスカデパートは、数年前に氷室専務の紹介で入会したそうだ。

そのアスカデパート千葉店で開かれる環境展では、催事場のフロアを使ってさまざまな自然系団体が写真展示やブース出展をするという。ブースを出すのは地元の団体がメインで、月読記念財団としては写真パネル展示のみである。

自然の風景や財団の活動を紹介する写真パネルのセットは、こうした用途のために準備されているということだった。パネルセットは場所を取るので、この倉庫スペースではなく外部に契約した倉庫に保管している。今回の仕事では、倉庫の管理会社に依頼してパネルさえ送ってしまえば、設営から撤収までデパート側で対応してくれるという話だ。

それほど手間ではないからか、氷室専務経由の案件とはいえ、皆もあまり文句を言わなかった。

なお、この件はパネルの管理担当である享平が自動的に受け持っている。

「このパネルの写真を撮った前畑さんとは、こないだ会ったんだよね」

安田は、手にしたオジロワシの写真パネルを示しながら櫂人に訊いてきた。前畑は、土曜日に多摩川河口自然公園で講師をしてくれたフリーカメラマンだ。

はい、と櫂人が答えるのにかぶせるように、享平が大きな声で言った。

「そうだ！　今思ったんですけど……瑞光物産の講師の件、前畑さんはどうですかね」

たしかに、前畑は他の仕事があればよろしくと話していた。

「あ、でも前畑さんは瑞光……」

何か口にしかけた良子をさえぎって、安田が急に元気な声を出した。

「いいじゃない！　それで行こうよ。前畑さんだって仕事ほしがってたんでしょ？　浅羽さんの負担も減るし、ウィンウィンってやつだね」

澪も明るい顔になって頷いている。

これで決まりだね、と言った安田は、享平に「あとで、さっそく前畑さんに連絡してみてよ」と指示した。

良子は困ったように「うーん」と呟いていたが、皆は気づいていないようだった。

＊

次の週末。

燿人は電車に乗って神奈川県横浜市へ向かった。

横浜の中心部、県庁や市役所などの官公庁や企業が集まる、関内（かんない）と呼ばれるエリアには、明治から昭和初期にかけての近代洋風建築が数多く残っている。

その一つが、瑞光物産が運営する藤間（とうま）記念館だ。

瑞光物産について調べるため、燿人はここを訪れることにしたのである。

瑞光物産の創業は、江戸時代の商家、藤間屋にまでさかのぼる。明治期に入ると藤間財閥として繁栄し、戦後に財閥が解体された後は瑞光物産として再出発した。高度経済成長にあわせて順調に利益を上げ、日本を代表する総合商社となったのだ。

記念館は、関内駅から海岸通りへ向かう道の途中にあった。

明治時代に、藤間財閥の中心企業である藤間銀行の本店として建てられた建築物である。戦後は瑞光物産が横浜支店として長らく使用していたが、みなとみらい地区の高層ビルへ支店が移ったため、記念館に改装されたものだ。

周囲の現代的なガラス張りのビルに比べればこぢんまりとしているものの、石と煉瓦でつくられ、ドーム屋根をもつ建物からは重厚感が伝わってくる。

この記念館には瑞光物産が藤間屋として創業した時からの史料が保管されており、その歴史を知ることができるという。

瑞光物産の過去からどれほど役に立つ情報が得られるかはわからないが、とにかく一度見ておこうと櫂人は考えたのだ。

ひっそりした館内に、他の入場者はいなかった。ゆっくりと展示を見て回ることにする。展示は江戸時代初期から順を追って説明していく形になっており、最初のほうに例の社有林のことが書かれていた。

藤間屋は、丹沢の山々で切り出した木材を、相模川を使って下流へ運ぶ商いをしていたらしい。

当時から丹沢の山林に立木の権利を有していた藤間屋は、やがて相模川河口から海路で江戸などに運搬する仕事も扱うようになり、有力な廻船問屋に成長していく。明治期以降、藤間財閥となってからは日本各地の林を購入し、第二次世界大戦が終わって再出発した後も、それら社有林は瑞光物産の資産として維持され続けた。そうして、今に至っているというわけだ。

――なるほど、経緯はわかった。

しかし。

氷室専務は瑞光物産と社有林に何かがあると考えているようだが、それが何かはやはり見えてこない。

もっとも、氷室専務の本心など、まだ一度もわかったためしはないのだが。

櫂人は、氷室と出会った時のことを思い出した。

それは、櫂人がとある理由で前の職場を退職し、しばらく何もせずに過ごしていた頃だった。

仕事を辞めた櫂人は、これからどうやって生きていくべきか自分でもわからなくなっていた。

そんな折、接触してきたのが氷室だ。

氷室はかつてとある重工メーカーの役員だった頃、納入する製品の関係で、櫂人の以前の上司と懇意になっていた。月読記念財団に移った氷室が人材を探すにあたりその上司に相談し、櫂人を紹介されたのだ。

初めは興味を示さなかった櫂人を、氷室は何度となく食事に誘ってきた。

もともと、自然の中で過ごすことは性に合っていた。自然保護への関心も無かったわけではない。前の仕事にもう戻るつもりはなかったが、身につけた経験や知識を違った形で活(い)かせるのならそれでもいいかという気持ちが、氷室の説得を聞く櫂人の中に芽生えていった。

こうして櫂人は、月読記念財団に再就職したのだった。

氷室を忌み嫌っている同僚たちにこの経緯を話したら、なんと言うだろう。もっとも、話せば前の職場のことや辞めた理由にも触れざるを得ない。そんなことをするつもりはなかった。

それに氷室からも、今後の仕事を考慮してなるべく過去の話はしないようにと言われている。わざわざ履歴書を書き換えたのもそれゆえだ。

そもそも氷室専務が自分を何のために拾ったのか、未(いま)だにはっきりとは聞かされていなかった。ただ、君でなければできない仕事がある、と言われただけだ。

——まあ、いいだろう。それは今思い悩むべきことではない。

櫂人は再び、展示内容の確認へと意識を戻した。

時代順の展示は、やがて現代に近づいていく。

戦後の財閥解体。多くの関連企業を失う中、本業の物産と、祖業である林業を中心にいくつかの企業を残し、瑞光物産グループとして再出発。高度経済成長と歩調を合わせての急拡大——。

そして、ここで再び丹沢の社有林が登場してきた。

歴史を記したパネル、さまざまな出来事が並んだ中の、簡単な一文である。

「一九七一年には、丹沢社有林に過激派学生グループが潜伏する事件があった」

これだけだ。

他の出来事については写真入りで説明文ももう少し長かったが、この件だけはひどく地味な、あっさりとした扱いである。おそらく、会社にとってあまり歓迎されない事柄だからだろう。それでも展示で触れられているのは、当時それなりに報道された事件を無視はできないということか。

耀人は、その時代をリアルタイムで経験してはいない。時代背景の一般的な知識はあるが、個別に起きた事件すべてを把握しているわけではない。まさにこれは、そのような知らない事件の中の一つだった。

手元のスマホで、あらためて検索する。

先日、瑞光物産に関して調べた時には見逃してしまったようだが、過激派、学生運動などといったワードで絞り込むと件数は少ないもののいくつかヒットした。

一九六〇年代後半から七〇年代初めにかけ、学生や労働者による政治運動の一部は過激化する様相を見せていた。瑞光物産の労働組合もこの動きに同調し、一九七一年には丹沢社有林を過激派学生グループの拠点として提供、それが摘発されるという事件があったらしい。

しかし、どのサイトを見ても、それ以上に詳しい情報はなかった。どちらかといえばマイナーな事件であり、今さらネットに新情報を載せる者も少ないようだ。

藤間記念館のライブラリーコーナーには社史などの文書資料が揃っており、櫂人はそれらも一通り当たってみたが、やはり大した情報は得られなかった。

とはいえ、この労働組合のことは少々気になる。

社有林でのイベントについて、瑞光物産から月読記念財団に声がかけられたのは今年が初めてだが、例年、CSR推進部と労働組合の共催でイベントがおこなわれていたという。

そこでも労働組合と社有林の関係が見られるのは、どういうわけだろうか。イベントの開催で、過去の暗い事件のイメージを払拭(ふっしょく)する意図でもあったのか——。

＊

『……なるほど。例の人物、さっそく活躍ということですね』

「経歴は、伊達(だて)ではなかったようです」

『氷室専務とはどうなっていますか』

「ある仕事に関(かか)わるよう、指示されています。瑞光物産の社有林での仕事です。いきなり新人に任せるのも妙な話ではありますが、安田さんはあまり疑っていません」

『まあ、安田さんはああいう人ですから』

電話の向こうから、小さな笑い声が聞こえる。

それから少しのやりとりの後、引き続き監視をお願いします、という言葉を最後に電話は切れた。

――速水櫂人。彼を使って、氷室専務は何をするつもりなのか。

考えてもわからない。

その人物は、首を振ると缶コーヒーを口に運んだ。

休日の、誰もいない暗い事務所。窓の外では南新宿の街並みが、もうほとんど夏のような陽射(ひざ)しを白く照り返していた。

＊

櫂人の名刺は、未だに届いていない。

澪は発注を忘れたままなのだろう。あらためて確認するのも悪いように思えて、櫂人は何も触れずにいた。

そんな澪だが、瑞光物産の観察会講師をカメラマンの前畑に頼む件は気になっていたらしい。仕事中、澪が享平に声をかけるのが聞こえてきた。

「享平くん。そういえば前畑さん、どうなってる？」

「あ、すみません。言うの忘れてました。前畑さんから返事あった時、ミオさんいなかったんで」

享平の回答に澪は、えぇー、と半分ふざけてだろうが非難するような表情を見せた後、「で？」と享平を促した。

「ＯＫですって」

澪は、明らかにほっとした顔になった。

「よかったあ」

「ただ……」

享平の言葉に、澪の表情がくるくると変わる。

「何かあるの」

「電話でお願いした時のことなんですけどね。最初はもちろんやります、ありがとうございます、っていうお返事で、大歓迎ムードだったんですけど……主催が瑞光物産のＣＳＲ推進部って伝えたら、電話口の答えにちょっと間があったんですよ。気が進まないって感じの。引き受けるとは言ってくれましたけど、なんかあるのかな」

享平が首をひねっていると、良子が口を挟んできた。

「あのね」

良子に、皆の視線が集まる。

「こないだ言いそびれたけど、前畑さんの奥さん、瑞光物産のＣＳＲにいるのよ」

「そうなんですか！」

驚いた享平は、すぐに訝しげに訊ねた。「うーん、でも、だからといって気が進まないなんてことあります？　奥さんがいる前だと照れちゃうとか？」

「そういうことじゃないの。前畑さん、奥さんと別れたのよ」

「ええーっ！」

さらに大きな声で驚いた享平は、慌てて自分の口を押さえた。澪も目を丸くしている。

「正確にいうと、まだ離婚までには至ってなくて別居中だったかな」

「そうですか……。栗原さん、がっかりしたかもなあ」

澪が言った。

多摩川河口自然公園のレンジャー、竹内真由美の話にあった人物だ。ライターの栗原氏が、前畑を月読記念財団に紹介したということだった。

「栗原さんが前畑さんと奥さんの間をつないだのも、うちの財団が主催したイベントの場だったの」

良子が説明した。

「何年か前に、各社のＣＳＲ担当者を集めたセミナーをやったのよね。その頃にはもう栗原さんからの紹介で、前畑さんには会報誌の写真とかでお世話になってたの。セミナーには二人とも来てもらってたんだけど、そこに瑞光物産のCSR担当として、前畑さんの奥さんになる人が参加したのね。何やかやで三人仲良くなって、いつの間にか……っていうか栗原さんの仕業だろうけど、前畑さんと奥さんがくっついたってわけ」

「でも、結局その後がうまく続かなかったってことですね」澪は寂しそうに言った。

「まあね。人生いろいろあるよね」

良子の声は、まるで澪をいたわっているかのように櫂人には聞こえた。

良子が続ける。

「ま、奥さんの件があっても依頼を受けてくれるってことは、前畑さんは奥さんにまだ未練があるのか、それとも本当に生活が苦しいのか……。本番の時には、なるべく気を遣ってあげてね」

良子は、櫂人と澪の顔を順番に見て言った。

はい、と櫂人は答え、澪もこくりと小さく頷く。

「しっかし、良子さんってよく知ってますよね」

享平が感心したように言うと、良子は「おばちゃんの情報収集力、なめんじゃないわよ」と笑った。

その日の午後、櫂人は澪から頼まれて資料を取りに事務所内の倉庫スペースへ向かった。お目当ての本が仕舞われた段ボール箱を探していると、先日の片づけで棚の最上段に置いた段ボール箱が目に留まった。

たしかあの中には、普及課が過去に手がけたイベントの資料が入っていたはずだ。整理した際に、「法人会員CSRセミナー」というファイルを見た記憶がある。

先ほど良子から聞いた話では、前畑とその妻が知り合ったのは、各社のCSR担当者を集めて開いたセミナーの場だったという。前畑の妻は、それに参加した瑞光物産の社員だったのだ。

瑞光物産に関しては、まだ調査の途中だ。そういった過去の資料も、確認しておいたほうがよいかもしれない。

櫂人は棚の最上段から段ボール箱を下ろした。

セミナーの資料をまとめたファイルは、やはりその箱に入っていた。

セミナーは、各法人会員のCSR担当を招き環境問題について討論するため、四年前に月読記念財団が主催したものだ。ファイルの中には参加した各社の社員リストもあり、瑞光物産CSR推進部所属として二人の名前が記載されていた。

石津（いしづ）という部長と、京野（きょうの）という女性社員だ。京野が、前畑の結婚相手だろう。

リストの余白には、当時の担当者が書いたものらしいメモが二つ残されていた。

一つは「石津部長：要注意」、もう一つは「瑞光物産：昨年、法人会員入会。入会経緯上、対応注意」とある。

ファイルには他に、気になるような情報は見当たらなかった。ただ、メモに対応注意とあった、法人会員の入会経緯というのは調べておいたほうがよさそうだ。

会員管理のためにその名も会員管理部という部署が存在するが、法人会員の場合は入会対応などを総務部総務課が担当している。

少し考えた後、櫂人はいったん倉庫スペースを出て総務部の島へ向かった。

総務部は総務、経理、人事、広報の各課からなっている。広報課は櫂人たち普及課の隣だが、他の三つの課はこちらの島にまとまっていた。課に分かれているといってもそれぞれ二、三名しかおらず兼務の者もいるため、一つの島で十分なのだ。

その島の一番端の席では、経理課兼総務課の岡島一也が脇に置いた領収書を見ながら、やたらと激しい調子でキーボードを叩いていた。

「なんだこの経費申請。こないだも注意したってのに……却下！」

ぶつぶつと文句を言っている。

気が引けたが、櫂人は声をかけた。

「あの……」

「え？」

にらみつけられ、どきりとする。常人ならばあまり経験しないであろう修羅場もくぐってきたつもりだが、それとはまた異なる、感じたことのない怖さだ。

「あー……すみません、お忙しいところ。総務課の法人会員担当はどなたでしょうか」

「今日はいませんよ」岡島はぶっきらぼうに答えた。

「そうですか。ある法人会員の入会経緯など知りたかったんですが」

「……だったら、自分で資料調べてもらっていいですか」

そこで、岡島は思い出したように言った。「ああ。そういえば普及課の棚、片づけてもらえましたか」

「ええ、まあ」

誰も、整理が終わったことを岡島に伝えていなかったようだ。

「お願いしたままで、確認するのを忘れていました」

岡島は席を立ち、すたすたと歩き出した。

明日までに、と脅してきたわりには次の週まで放置していたわけだが、指摘するのはやめておく。櫂人は、おとなしくその後をついていった。

普及課の皆で片づけはしたものの、この細かそうな人物のお眼鏡にかなうだろうか。

倉庫スペースに、岡島に続いて入っていった。背中しか見えないが、岡島が舐めるように普及課の棚を見ているのがわかる。

軽くどきどきしていると、岡島が振り返ってきた。

彼が浮かべていたのは、満面の笑みだった。

「うん、ずいぶん綺麗になりましたね。なんだ、普及課もやればできるじゃないですか」

すっかり上機嫌である。

「ああそれで、法人会員でしたっけ」

「はい。資料を見せていただければ」

「そこの、総務課の棚ですよ」

岡島は親切な口調で、別の棚を指差した。きっちりと揃えられた段ボール箱のいくつかに、丁寧なマーカーの文字で「法人会員資料」と書かれたものがある。企業名の五十音順に、何箱か並んでいた。

「どこの会社ですか」岡島が訊いてくる。

「瑞光物産です。今度普及課でイベントを請け負うことになりまして、一応過去の経緯など確認しておこうかと」

櫂人が答えると、岡島は急に顔色を変え、「瑞光物産ですか」と硬い声を出した。

サ行の会社が含まれる箱を、岡島の了解を得て棚から下ろす。中には、会社ごとに個別にまとめられたファイルが、やはり几帳面に並んでいた。

櫂人が瑞光物産のファイルを取り出す様子を、岡島はじっと見つめている。

「瑞光物産に、何かあるのでしょうか」

燿人が訊いてみると、岡島は一瞬間を置いてから答えた。

「ああ……。法人会員になる時に、少し揉めたんです」

「揉めたといいますと」

「五年くらい前に氷室専務の指示で、法人会員は基本的にウェルカムという方針に変わったんですが、昔はけっこう厳しい入会審査があったんですよ。自然を破壊するような活動をしてるのに、免罪符のつもりで入会を申し込んでくる会社もありましたからね。この瑞光物産も、そうだったんです。七、八年前だったかな。関連の不動産会社が、オオタカの住む森にマンションを建設しようとしてて。各環境団体から批判されてたんですよ。聞いたことは？」

「いえ。その頃は前の仕事がちょっと忙しかったので」

「まあ、そこまで大きなニュースにはなってなかったので、ご存じないかもしれませんね。その時に一度、法人会員入会の問い合わせが来たんですけど、当時の担当者がお断りしてたんです」

「なるほど」

「でも何年かして、また申し込みがあって。それが、ちょうど専務が方針を変更した時期だったんです。審査を通す過程ではだいぶ議論がありましたが、大揉めに揉めた末、最終的には専務判断で押し通されました。財政難のおり、理想論だけではどうにもならないだろう、ということで。そう言われてしまうと、反論も尻すぼみになって」

岡島の口調から察するに、良子ほどではないがやはり氷室専務への不満はあるようだ。

「そうだったんですか。普及課の皆さんは、そういう話はされていませんでしたね」

「あくまで総務の部内会議での議論だったからではないですか。それに、その頃は専務が改革をしてる時期で、他にもいろいろと揉めた事例はありましたし」

「なるほど……」

箱の中から引っ張り出した瑞光物産のファイルには、過去に一度入会を断った際の記録は残されていなかった。岡島に訊いたが、わからないという。

ただ五年前の入会申込書や、当時やりとりしたメールのプリントアウトは綴じ込まれていた。

メールの相手は、先ほどの名簿にも出てきた石津というCSR推進部の部長だった。

月読記念財団側の担当者は、聞き覚えのある名前だ。

榊明宏。長期出張中のためまだ会ったことのない、普及課の課長代理である。

榊は、五年前には総務部にいたらしい。最初に瑞光物産の入会を断ったという担当者から引き継いで、法人会員の担当をしていたようだ。

メールの内容を順に追っていく。

先方から入会の問い合わせを受けた後のやりとりだ。手続き完了まで一連のメールが保存されていたが、特におかしな点はなかった。

隣で見ていた岡島は、櫂人の確認が一段落したところで「箱、きちんと戻しておいてくださいね」と言って総務部へ戻っていった。

その後、段ボール箱を棚にきっちり並べ直すのに、櫂人はかなり気を遣った。

＊

櫂人の仕事は徐々に忙しくなっていき、あっという間にその週の金曜日を迎えた。

多くの会社と同様、金曜の午後は月読記念財団の事務局も少し浮ついた雰囲気になる。

週末に何をするかという雑談があちこちから聞こえ、安田課長が外出している普及課でもそれは同様だった。

良子が「明日はダンナと買い物に行くのよね。面倒だけど」と、まるで面倒ではなさそうに言うのを聞いて、「またまたあ」と享平が笑っている。

電話が鳴り、櫂人は受話器を取った。

「月読記念財団」

思わず、昔の職場のような電話の出方をしてしまった。

周りで、澪や享平、良子が不思議そうな顔をしたのがわかった。回線の向こう側からも、戸惑ったような雰囲気が伝わってくる。

――しまった。

「はい、月読記念財団、でございます」

言いなおす。

幸い、相手は必要以上に気にしなかったようだ。普通の口調で名乗ってきた。

『お世話になっております、アスカデパート千葉店の高橋と申します』

続けて、井川さんはいらっしゃいますか、と訊かれ、櫂人は電話を享平につないだ。

享平が受話器を取った後、良子は、今度は櫂人に「明日行くところなんだけどね」と話しかけてきた。まだ話し足りないようだ。

だが、どうやら享平の様子がおかしい。すみません、と櫂人は良子の話をさえぎった。

櫂人の視線を追った良子も、ただならぬ雰囲気に気づいたようだ。

享平は、青ざめた顔で受話器を握りしめている。

「はい……はい……確認します」

しばらくして電話を切った享平は、机に突っ伏した。

良子と櫂人、そしてそれまで話に加わっていなかった澪も、互いに顔を見合わせた。

「どうしたの」

良子が心配そうに訊ねる。享平は、ゆっくりと頭を持ち上げた。顔を机に向けたままで答える。

「例のアスカデパートの環境展、明日からなんですけど……パネルがまだ届いてないみたいなんです」

「どうして？」

澪と良子が、一斉に驚いた声を出した。

享平が言っているのは、彼が担当しているアスカデパート千葉店での写真パネル展示のことだ。倉庫会社に保管してあるパネルを配送し、デパート側で設営してもらうだけの、比較的簡単な仕事だったはずだ。

「たぶん……ああ、見たくない」

ぶつぶつ呟きながら、享平がパソコンの画面を確認している。

「やっぱり……」

そう言って、享平は再び机に突っ伏した。その横から、良子が享平の画面を覗き込んでいる。

燿人は立ち上がり、席を回り込んで見に行った。

享平の画面に表示されているのは、エクセルの表だった。複数ある写真パネルそれぞれの、倉庫からの入出庫を記録する管理台帳である。

良子が言った。

「ははあ、倉庫会社にちゃんと配送依頼できてなかったのね」

机の上で、享平がわずかに頷く。「やばい……もう間に合わない」

「念のため、倉庫会社に電話してみなよ。台帳って、自分で入力してるんでしょ。入力を忘れてただけかもよ」

澪が自分の席から声をかける。しかし、享平は首を振った。

「いえ。倉庫には連絡してません。断言できます。いつでもできる細かい仕事だと思って、すっかり抜け落ちてました」

「そっか……ごめん、私もきちんと確認すればよかったね。みんなの仕事管理してたのに」

謝る良子に、享平は「良子さんのせいじゃないです」と小さな声で答えている。

「とにかく、どうしたらリカバリーできるか考えましょう」

「どうするも何も……今からじゃどうしようもないですよ。今日出庫させるためには、午後一時までに依頼をかける必要がありますし、明日の土曜は対応してくれませんし」

時計は、既に二時を回っていた。

デパートで開催される環境展は明日からの土日、二日間である。倉庫会社が土曜対応不可ということは、明日の土曜に出庫してもらい、日曜だけ展示することもできないわけだ。

「しようがない、今回は参加できなくなったとお詫びの連絡を入れますよ」

亨平は力なく言った。

ああその前に安田さんに報告しないと、と電話に手を伸ばしかけたが、逡巡しているようだ。

亨平は、さすがの安田さんも怒るかなあ、専務にもなんか言われるだろうなあ、とぶつぶつ呟いている。

その様子を見ながら、櫂人は考えた。

――パネルを今日のうちに現地に届ければいいのだろう。倉庫会社への出庫依頼は一時までというが、運び出すこと自体は、倉庫が開いていればできるのではないか。

「待ってください」

櫂人は、亨平に言った。亨平はようやく、受話器を持ち上げようとしたところだった。

「はい?」手を止めた亨平が、訝しげな顔をする。

「井川さん。倉庫会社は、何時まで開いていますか」

「えーと、五時半か六時か、そのくらいだと思います。それがどうしたんですか」

「直接、倉庫から持ち出したらどうでしょうか」

二人のやりとりを聞いた良子が、大きな声で言った。「いいじゃない!」

澪も口を挟んできた。

「たぶん、できると思うよ。倉庫会社と契約した時、見学させてもらったことがあるの。その時は午後一時を過ぎてたけど、倉庫に保管してるものは普通に取り出せてた。一時の締め切りっていうのは、倉庫から運び出すトラックを手配するための、余裕を持った設定のはず」

「じゃあ……！」

それから享平は、すぐに倉庫会社に電話した。今からでも自前で運ぶ手段を用意してくれるなら、出庫対応できるそうだ。享平の顔が俄然明るくなる。

とはいえ、そこからは少し難航した。

皆で分担して近隣の運送業者へ問い合わせたが、この時間から倉庫へ向かって荷物を積み、千葉のデパートまで運んでくれる業者は見つからなかったのだ。

そうなれば、自分で行くしかない。次は、レンタカー会社に電話をかけた。

しかし結果は同じだった。週末を前に、ほとんどの車が出払っていたのだ。

問い合わせるレンタカー会社の範囲を広げるとしても、車を借りる場所まで電車で行く時間を考慮すると現実的ではなかった。

——そうなると、自家用車か。

燿人は考えた。

享平は車を持っていないと前に聞いていた。澪や良子の事情はまだよく知らないが、そもそも家はそれほど近くなかったはずだ。

ならば。

「僕の車を出しましょう。ワゴン車なので、多少の荷物は積めます」擢人は言った。

擢人が住む世田谷代田までは、小田急線一本でわずか十分ほどだ。一度帰り、車ですぐに戻ってくるのに、余裕を見ても一時間かからない。

良子がまず賛成してくれた。

「享平くん、速水さんに頼んじゃったら」

「……そうですね。速水さん、申し訳ありませんが、お願いしていいですか」

「もちろんです。浅羽さん、お手伝いしている仕事は、今日はここまででよいでしょうか？」

「はい。あ、ただ、安田さんには速水さんがそうすること、伝えといたほうがいいかな……」

指導係としての責任に考えが及んだのか、少しだけ困った顔になった濤に、良子が笑いかけた。

「安田さんは事後承諾で十分でしょ」

異論を挟む者はいなかった。

擢人は取り組んでいた作業をいったん終わらせ、事務所を出た。

南新宿駅までの道すがら、見上げた空はどんよりと曇っていた。西からは、黒い雲が近づいている。

六駅先の世田谷代田駅に着く頃には、ぽつぽつと雨が落ちはじめていた。

世田谷代田駅の駅前広場には、地面に巨大な足跡がタイルで描かれている。代田の地名は、昔このあたりにあった窪地（くぼち）が、巨人「ダイダラボッチ」の足跡だと伝えられていたことに由来するという。それをイメージしているわけだ。

その広場を通り抜け、傘も差さずに小走りで環七通りの陸橋を渡る。駅から徒歩十分ほどの1DKが、櫂人の借りている部屋だ。

小さなテーブルとトレーニング器具だけのダイニングキッチンに荷物を置き、すぐに部屋を出た。

マンションの駐車場から車を出し、環七から甲州街道に入って新宿方面へ向かう。

幸い、道路はスムースに流れていた。雨粒をワイパーで弾（はじ）き飛ばしつつ、できるだけ急ぐ。南新宿の事務所に着いたのは午後三時過ぎだった。五十分ほどで往復したことになる。

「お待たせしました」

櫂人が事務所に戻ると、享平だけでなく澪や大吾までも出発の準備をととのえていた。

澪が説明してくれた。

「今から倉庫に行って積み込んで、千葉の会場には夕方の到着になりますよね。その時間に着いて、パネル設営は先方にお任せというのも申し訳ないので、設営までわたしたちでやろうという話になったんです。みんなで作業すれば一時間もかからずに終わると思うんですけど、速水さん、そこまで付き合わせてしまっていいですか？」

「もちろんです。むしろ、皆さんはいいんですか」

「わたしは大丈夫です。今夜も、明日も予定はありませんし」澪は言った。

大吾はそれでよいのか確認しようとすると、先に隣の島から声をかけられた。

「せっかくの機会だし、行ってきたらと私が勧めたんです」

大吾の上司、涼森だ。広報課長と会報誌編集長を兼務している涼森は、大吾の指導役を直々に務めている。

涼森は微笑（ほほえ）んで言った。

「うちの新人くんに、いろいろ教えてくださる？」

「私はかまいませんが……」

耀人が大吾に視線を送ると、彼は「なんでも手伝いますよ」と、やる気満々だ。

最近の大吾は、涼森が醸し出す大人の女性の魅力にすっかり参ってしまっているようで、指示に喜んで従う様子はまるで忠犬のようでもある。それを享平がしらけた顔で見ているのが少しおかしかった。

当の涼森は、そんな周囲の様子になど気づいていない様子でマグカップを手にしていた。

涼森さんはコーヒーよりも紅茶党だと、聞いてもいないのに大吾が以前教えてくれたことがある。

櫂人は、皆に言った。

「では、行きましょうか」

普及課は三人が外出してしまうわけだが、この後は良子が定時まで留守番を引き受けてくれるということだ。

皆で事務所の前に出た。

櫂人が駐めていた鮮やかな青色の車を見て、大吾が軽く驚いた声を上げる。

「へえ、ワゴン車って聞いてましたけど、インプレッサワゴンだったんですか。これは、ちょっと昔のモデルですよね」

「佐々木くん、詳しいの」

そう大吾に訊いた澪は、車の知識はあまりないようだ。

「いや、そんなには……。でもこのモデルなら知ってますよ。けっこうスピードの出る車じゃなかったでしたっけ」

「まあ、そんなふうに乗ってる人もいるみたいだね」櫂人は答えた。

「ちょっと意外な感じですね。速水さんの趣味ですか」

享平が訊いてくる。享平も、それほど車に詳しいわけではないらしい。

「いえ。昔、友人が乗っていたのを貰ったんです。買い換える必要もないので、乗り続けているだけでして」

買い換える必要がないというのは、正確ではなかった。

正しくいえば、買い換えたくないのだ。

訳あって櫂人のものになった、スバル・インプレッサスポーツワゴン。二〇〇一年式の、二代目モデルである。

この頃のインプレッサはファミリー向けからスポーツモデルまで幅広いバリエーションが存在したが、これはその中で最も過激な、二八〇馬力を発生する二〇〇〇ccターボエンジンを搭載したＳＴｉというタイプだった。車好きの間では、ＧＧＢという型式名で呼ばれることもある。

もともと製造台数は少ないが、新車として販売されていた時期から二十年以上経ち、街なかではほとんど見かけないレアな車になっている。この車は走り屋による改造などがされていないノーマル仕様であり、ますます希少だ。

ノーマル仕様といっても、整備は念入りにおこなっている。製造当時の性能は今でも十分に発揮できていた。

「急ぎましょう。早く乗ってください」

櫂人は皆に言った。

これから埼玉にある倉庫会社で写真パネルを受け取り、取って返して千葉へ向かうことことになる。会場のデパートには、既に享平が連絡を入れていた。

先方によれば、夜になっても作業はしているという話だが、それでもあまり遅くなっては迷惑をかけてしまう。急いだほうがいい。

やや太めの身体(からだ)を助手席に収めた享平が、運転席との間を見て言った。

「へえ、マニュアルなんですね」

この車は、六速のマニュアルミッションである。

「まあ、最近では珍しいですかね。じゃあ、行きます」

櫂人はシフトレバーを操作し、クラッチをつなぐと車を発進させた。二速、三速と軽やかにシフトアップしていく。できるだけゆるやかな加速を心がけたが、バックミラーに映る後部座席の澪と大吾は軽く驚いた様子だった。

「あ、急すぎましたか」

「そこまでじゃないですけど……。でもやっぱり速いですね」大吾が言った。

「なんだか運転してる速水さん、別人みたいに見えますね」と、澪。

あまり、派手なキャラクターに見られたくはない。櫂人はなるべく穏やかな運転を意識した。

山手通りから首都高速中央環状線に入る。地下を走る長大なトンネルは、快調に流れていた。

前方からやってきては遠ざかる、オレンジ色の照明。その照明が落とす影が、次々に車内を通り過ぎていく。トンネル内には、車の走行音が低く長く響いていた。ターボエンジンの音をバックに、カーオーディオがFMラジオの音楽を奏でる。普段ほとんど人を乗せることのないこの車のカーナビには、少し昔の邦楽が多く収められているが、音楽の趣味を知られるのはいささか恥ずかしく思えた。そのため大吾あたりが「どんな音楽が好きなんですか」などと質問してくる前に、櫂人はラジオをつけていた。

車はやがて、首都高中央環状線から五号池袋線に入った。トンネルを出ても、まだ雨は降っていた。再びワイパーを動かす。水滴がフロントガラスに弧を描き弾けていった。

荒川を渡り、埼玉県の戸田で高速を下りる。月読記念財団が契約している倉庫会社は、戸田市内の物流倉庫街にあった。

倉庫側には享平が既に話を通しており、到着後はすんなりと中へ案内してくれた。

木箱に梱包された写真パネルを、借りた台車へ載せてインプレッサへ運び込む。

四人で作業したこともあり、作業は早々に終わった。

あとは、これを会場へ運ばなければならない。

夕方になり、道は混みはじめている。助手席の享平の顔が、次第に不安を隠せなくなってきたのがわかった。

　櫂人は、運転席で視線を前に向けたまま言った。

「井川さん、心配ですか」

「けっこう、道混んでますね。これじゃ到着も遅れちゃうんじゃないですか。さすがに定時後とかになると迷惑かけちゃうなあ」

「大丈夫です。間に合わせます」

「間に合わせるって……」

　すぐそこに、東京外環自動車道の入口が見えた。混雑した一般道から高速道路への坂を上っていく。

　幸い、高速は空いていた。走行車線に合流する。

「ちょっとだけ、飛ばします」

　櫂人はそう言うとアクセルを踏み、加速した。ＥＪ20水平対向四気筒ＤＯＨＣターボエンジンが吠える。

「わっ」

　皆が声を出した。

　あまり急な動作をしないように心がけたが、それでも普通の運転に比べればはるかに機敏な動きに感じられたようだ。

エンジンの回転数を示すタコメーターの針が、右のレッドゾーン近くまで回る。すばやくクラッチを切り、シフトアップ。再びクラッチをつなぐのと同時にアクセルを踏み込む。

シフトチェンジの衝撃はわずかだ。

背中からぐんぐんと押されるような感覚。

回転数を上げたエンジンの音で、ラジオから流れる音楽はほとんど聞こえなくなった。

スピードメーターは、あっという間に時速八〇キロに到達した。外環道の制限速度だ。

燿人はそこで加速を終え、速度を維持したまま巡航に移った。平時である限り法令を遵守することは、前職で身体にしみついている。

前を行く車が遅い時のみ、燿人はインプレッサの速度を緩めず、すっと追い越し車線に滑らせた。

助手席の享平が目を見開いている。バックミラーをちらりと見遣ると、澪と大吾も同じような顔をしていた。

引かれてしまったかなと軽く悔やんだが、次の瞬間、大吾がエンジン音に負けないような大声を出した。

「速水さん、めっちゃ運転上手いじゃないですか！」

大吾はそちらのほうに感心しているらしい。

その隣で、澪が言った。

「たしかに。スピード出てるはずなのに、そんなに怖くないですね」

「前の仕事で、いろいろと乗り慣れているだけです」

ぎりぎり、嘘(うそ)ではない。

外環道をひたすら走り、京葉(けいよう)ジャンクションで京葉道路へ。千葉を目指した。

インプレッサが積む水平対向エンジンは、文字どおり水平に向き合う形で置かれたシリンダーの中で、互いのピストンがまるでボクシングの打ち合いのように動き続けるため、ボクサーエンジンとも呼ばれる。

最近のボクサーエンジンは改良が進み音も静かになっているが、二十年以上前のこの車のエンジンはエキゾーストマニホールドという部品で発生する排気干渉により、ボボボボ……と独特の音を発していた。

ボクサーサウンドとして愛好する者もおり、櫂人も嫌いではないが、それより燃費の悪さは自然保護団体の職員が持つ車としてはいかがなものかと思ってしまう。

それでも、大切に乗っていくつもりだ。

櫂人としては、この車は一時的に預かっているだけという認識でいる。いつか元の持ち主が帰ってきた時、車がなかったら悲しむだろう。

バックミラーの下では、小さなヘリコプターのマスコットが揺れている。助手席の享平はその存在を気に留めていないようだが、それは車の元の持ち主――櫂人の前職での同僚、いや、親友といってもよい人物が残していったものだった。

高速道路が、ゆるやかにカーブを描く。雨の中でも、一七インチタイヤはアスファルトに吸いつくようなグリップ力を発揮した。

前を行く車が、スピードを少し落とした。

再び追い越し車線へ車を滑らせ、アクセルを踏む。

ボクサーサウンドの旋律とともに、インプレッサは加速していった。

降り続く雨をついて、インプレッサが千葉市内にあるアスカデパートの駐車場に到着したのは、閉館の三十分前だった。

催事場のフロアへ急ぐ。

「遅くなって申し訳ありません。大至急準備します」

享平が挨拶した先方の担当者は、苦笑いを浮かべて答えた。

「いやあ、他の出展団体さんもなんだかんだ時間がかかってるみたいでして。こちらも残業覚悟ですよ」

たしかに会場内は、作業する自然保護団体やアウトドア用品の会社などのスタッフが入り乱れ、混沌(こんとん)としている。顔見知りの他団体職員がいるようで、澪はさっそく何人かと挨拶を交わしていた。

「じゃあ、始めましょう」

燿人の言葉に、享平と大吾が頷く。澪も挨拶から戻ってきた。

作業が始まった。

駐車場のインプレッサから降ろした木箱を借りてきた台車に載せ、搬入用のエレベーターで催事場フロアへ持っていく。梱包を解き、三十枚以上ある写真パネルやキャプションのボードを指定されたブースに設置していった。

皆でやれば一時間もかからずに終わるという予想は、いささか甘かったようだ。

パネルを掛けるだけとはいっても、一つひとつ曲がらないように微調整しながら作業していくと、案外時間はかかるものだ。

五十分ほど経った時点で、木箱の中にはまだ半分以上のパネルが残っていた。

作業を進めるほどに、皆の口数は多くなっている。

大吾が、燿人に訊いてきた。

「速水さん、走り屋なんですか」

「そんなんじゃないよ」

笑って答えた燿人に、享平がからかうように言った。

「まあ、車のプレイリストが昭和のポップスばかりでしたもんね。あんまり走り屋って感じじゃないですよね」

「すみません、ラジオの操作してた時に見えちゃいました」

「いやまあ、それも車を譲り受けた友人の影響なんですけどね」

　プレイリストはインプレッサの元の持ち主だった友人が登録したもので、乗せてもらう度に聴かされていた。櫂人も気に入って、聴き続けているのだ。

「走り屋だったら、僕の勝手なイメージだとユーロビートとかですかね」

　大吾が言うと、澪も話に加わってきた。

「ホントの走り屋って、そもそも音楽なんか聴かないんじゃない？　エンジン音とかちゃんと聞いてないといけないだろうし」

「なるほどー。説得力ありますね。ミオさん、じつは走り屋とか？」

「漫画で読んだだけだよ。ちょっと佐々木くん、真面目に作業してる？　享平くんも」

「はーい」

「ミオさん、漫画ってあれですか。峠でバトルしたりするやつ。そんなの読むんですね」

　皆、楽しそうだ。櫂人はなんとも微笑ましい気分になった。

　そういえばこの雰囲気は、いつか味わったことがある。遠い昔、遠いところで——。

　しばらくして、櫂人は思い当たった。

文化祭だ。そうか、これは文化祭なのだ。

この歳になって、またあの気分を味わえるとは。あれから本当にいろいろなことがあって、信じられないほど遠くに来たと思っていたが……。

その後、予定どおりとはいかないまでも作業は進み、ようやく終わりが見えてきた。そこで櫂人は、ふと気がついた。

月読記念財団が指定されたブースは、他の団体に比べると、格段に条件のよい場所なのである。

どの団体もが希望するであろう、会場入口近くの人目を引く位置。開催当日は特に人を配置する予定もなく、パネル展示だけの月読記念財団が、なぜかその位置を与えられていた。明らかに財団よりもこの環境展を重視し、大勢のスタッフを送り込んでいる団体が他にあるにもかかわらずだ。

そのことを口にすると、ああ、と鼻白んだ表情になった享平が答えてくれた。

「氷室専務ですよ。こういう、せこいところに手を回すの得意なんですよね。あの人」

財団の広報を考えれば大事なことかもしれないが、専務の行動はむしろ職員の好感度を下げる方向に作用してしまっているようだ。

その時、近くを通りがかった人物に享平が声をかけた。

「栗原さん！」

聞き覚えのある名前だ。

享平の呼びかけに振り返った男性が「お久しぶりです」と笑いながら近づいてきた。アウトドアウェアを着た者ばかりの会場では、けっこう目立つスーツ姿だ。享平ほどではないものの、お腹周り（なか）の肉付きのよさがスーツの上からでも見て取れた。

「どうしたんですか、そんな格好して」

栗原というらしいその男に、享平が訊いた。

「今日の昼間は、別件で取材があったんですよ」

「別件といえば、最近はミリタリーとかオカルトとかの記事でご活躍みたいで」

「ええ、まあ。まさにそっちの関係だったんです」

やりとりを聞いて、櫂人は思い出した。

この人物が、前畑とその妻の間を取り持ったという、ライターの栗原氏だろう。

話が一段落したところで、享平は櫂人たちを紹介してくれた。澪は面識があるというが、櫂人と大吾はもちろん初対面だ。

栗原は挨拶した後、「じゃあ普及課は増員ですか」と何げない調子で享平に訊いた。

「あ、そうではないんです。昨年度中に一人退職しまして……」

「え？　そうなんですか。ここにいない人というと……たしか、宗像さんって方でしたっけ？」

「あ、ええ……」

享平も澪も、櫂人が入る前に退職したという宗像氏の話になると口ごもることがある。いったい何なのだろうか。

それから話題は、瑞光物産のイベントの件に移った。自然観察会の講師を前畑に依頼したという件だ。

「へえ。そりゃあ、前畑さんもやりづらいかもしれませんね……」

栗原は、前畑の事情を知っていたようだ。申し訳なさそうに続けた。

「結局、奥さんとあんなふうになってしまって……。僕としてはなんというか、複雑です。あんまり相性よくない二人を合わせちゃったのかなあ。前畑さんはけっこうアバウトで、それがいいところでもあるんだけど、奥さんのほうはわりときっちりとしてて間違ってることは許せないって感じの人だから……」

「そこは、当事者同士の問題ですから。栗原さんが気にされなくてもいいと思いますよ」

澪の口調は、意外にドライだ。

「まあ、そうなんですけどね……」

そういえば、と澪は話を変えた。

「栗原さんは、瑞光物産とも何かお仕事されてましたよね」

「ちょうど前畑さんに奥さんを紹介した頃、広報記事に関わらせてもらってました」

「何か気をつけておいたほうがいいこととか、ありますか」澪が訊ねる。

「どうかなあ。僕は最近、あの会社とはあんまり絡んでませんから……」

「何かあったんですか」

「いや、まあ、ちょっと前に広報記事の契約が終わっただけで、特にどうということはないんですけど」

それまで快活に話していた栗原だったが、その返事は少し歯切れが悪いもののように糴人には感じられた。

糴人は、ふと思いついて訊ねた。

「石津部長という方はご存じですか」

事務所の倉庫スペースで見た資料に、要注意としてメモされていた名前だ。澪が不思議そうな顔をしたので、その旨を説明する。

「ああ、広報記事を書いてた時の、先方のCSRの部長ですよ」

そう答えた栗原の表情は曇っていた。

「石津部長は、何か問題のある方なんですか」

「あ……うーん。まあ正直、あんまりいい印象がないですね」

「といいますと」

「なんていうか、CSRの部長なのに、自然保護とかまるで関心がないんですよね。僕が先方の依頼で書いた広報記事も、ろくに読みもしないで会社の宣伝を盛り込ませるような修正を指示してくるし。他の部署からCSRに移ってきた人のようなんですけど、どうも本人が希望した異動ではなかったらしくて……。だからってあの態度はないと思うんですけどね」

「それもあって、契約を更新されなかったんですか？」

「いや、そこは向こうから切られちゃっただけなんですが……。でもまあ、かえってよかったですよ。あ、一応補足しとくと、石津部長は異動されたそうですから今度のイベントは大丈夫だと思いますよ」

「そうだといいんですけど……」

少し不安げな様子で澪は言った。「瑞光物産が法人会員になったのは、その部長さんがいた頃ですよね。なんで申し込んできたんだろう」

「まあ、石津さんのことだから、月読財団さんを支援したいというよりは、会社の宣伝くらいにしか考えてなかったんじゃないですかね」

栗原の言葉は辛辣だった。「当時は僕も、月読さん、よく法人会員になるのを認めたなって思いましたけどね。五年くらい前でしたっけ」

「はい。わたしも井川も、財団に来る前のことです」澪が答える。

「あの頃の法人会員担当は、たしか榊さんと竹内さんだったかな」

栗原は、月読記念財団の内部事情にもだいぶ詳しいようだ。

普及課の榊課長代理が以前に法人会員の担当をしていたことを、櫂人は資料を見て既に把握していたが、三年前に入社した享平は知らなかったらしい。

「そうか。榊さん、昔は総務にいたんでしたよね。竹内さんもそうだったんですか」

「意外な感じでしょ？」

栗原は笑った。「当時、竹内さん相当怒ってたなあ。入会が決まった後も、なんか問題が見つかったとかぶつぶつ言ってましたっけ」

「問題？」櫂人は訊いた。

「あー、すみません。それ以上の話は聞いてないんです」

問題というのは、少し気になった。竹内に確認すればわかるだろうか。

「ところで、イベントはどこでやるんですか」

話を変えて訊ねてきた栗原に、澪が「丹沢の社有林です」と答えている。

「へえ……。あれ？」

栗原は、何か考えるような顔になった。

「どうしたんですか」

「いえね。瑞光物産の丹沢社有林といえば、こないだ話を聞いたばかりだなと思って」

「どんなお話ですか？」

「瑞光物産は、最近経営状態があまりよくないらしいんですよね。それで東京に一番近い丹沢の社有林について、一部を売却するって話があるみたいなんですよ。あの辺で活動してるカメラマンの友人が、地元の人の噂を聞いたそうで」

燿人は、瑞光物産の記念館で調べたことを思い出した。丹沢の社有林といえば、瑞光物産にとっては創業ゆかりの地でもあるはず。それほど大事な土地を、一部であっても売るというのか……。

栗原は、そこまで話したところで他のブースから声をかけられ、「ではまた」と笑顔で去っていった。

結局、作業が終了したのは午後八時過ぎだった。

月読記念財団が割り当てられたブースには三十数枚のパネルとそれぞれのキャプションボードが整然と掛けられ、パンフレット類が並べられている。

享平は、燿人たちを前に頭を下げた。

「皆さん、ありがとうございました。助かりました」

「なんとかなったね。よかったよかった」

そう言った澪は、燿人のほうを見て続けた。「速水さんが車を出してくれたおかげね」

「ホントです。ありがとうございました」

「いやいや、とにかく間に合ってよかったです。帰りましょうか」

皆を促して駐車場に出ると、雨はもうやんでいた。

空を覆うグレーの雲は、市街地の光を照り返し、赤みを帯びている。今日あたりは満月のはずだったが、その姿は見えない。

インプレッサに乗り込み、帰路についた。

ヘッドライトが、雨上がりのアスファルトを照らす。

皆疲れていたのか、高速に乗る頃には助手席の享平も、後部座席の澪と大吾も、目を閉じていた。聞こえてくるいびきは大吾だろう。

京葉道路を都心へ向かう。皆の家まで送っていくつもりだが、どの順番で回るのがよいかわからない。それぞれどこに住んでいるのか、まだ聞いていなかった。

高速の分岐が来る前に、誰かに確認しなければ。

隣の享平は、すっかり頭をシートに預けている。バックミラーで後部座席を見ると、いつの間にか目を覚ました澪が、窓の外をぼんやり見つめていた。

次々に流れくる照明灯の光が、彼女の横顔をオレンジに染め上げてはまた去っていく。

これまで年齢よりも幼い印象を抱いていたが、つんととがった鼻が妙に大人びて見えた。

何か考え事でもしているのだろうか。時おり前髪に指を通す仕草はどこか愁いを帯びていて、色気すらほのかに漂っているように感じられる。彼女に対して、今までそんなふうに思ったことはなかった。

少し気後れしつつ、櫂人は声をかけた。

「浅羽さん」

「わっ」

ミラーの中の澪が、慌てた顔をする。

「すみません、驚かせましたか」

「あ、いえ、大丈夫です。さっきまで寝ちゃってました。運転してもらってるのにごめんなさい」

「いいんですよ。それより、皆さんご自宅まで送りますけど、どういう順番で回りましょうか」

「えっ、そんな大変じゃないですか」

「大丈夫です。遠慮なさらず」

「じゃあ……お言葉に甘えて」

聞いてみると、澪は北区の赤羽、享平は練馬区の光が丘ということだ。大吾についてはまだ詳しく教えてもらっていないが、少しだけ話した感じでは中野区らしいという。

「それじゃあ、このまま首都高七号線に入って、小松川から中央環状線ですね。王子のあたりで下道に出た後は、浅羽さん、井川さん、佐々木くんの順で回ります」

「ありがとうございます」

それからしばらくの間、櫂人と澪は今日の作業のことや、職場での出来事などについてぽつぽつと会話を交わした。瑞光物産の仕事の件はまだ不安もあるが、前畑に依頼したため多少は気が楽になったという。

瑞光物産にいる前畑の妻に話題が飛んだ時、櫂人は先ほどの栗原とのやりとりを思い出した。前畑夫妻を心配した栗原に、澪は「当事者同士の問題ですから。栗原さんが気にされなくてもいいと思いますよ」とドライに言っていたのだ。

櫂人はそのことに言及しかけたが、妙な予感がしてやめておいた。

考えてみれば、先ほどから澪が振ってくるのは仕事に関する話ばかりで、プライベートな質問などは一切なかった。

まだお互いに知り合って間もないのだから、どこに住んでいるとか、どんなものが好きかとか、そういう話をしてきてもおかしくないはずだ。

櫂人としては、それはそれでありがたいのだが、澪のその態度は逆に自分のことを訊かないでくれと言っているように思えてならなかった。

話が途切れた時、ミラーの中の澪はまた窓の外へ顔を向け、流れ去る街の夜景をぼんやりと眺めていた。

首都高中央環状線から王子北インターチェンジで下道に入り、赤羽駅近くで「ここで大丈夫です」と澪は車を降りていった。

享平と大吾もその前にはさすがに起きており、男三人だけになった車内で、後部座席を占有した大吾が言った。

「しかしこの財団、綺麗な人が多いですよねえ。涼森さんはミステリアスな大人の女性って感じだし、こないだ行った多摩川の竹内さんは美人なのにワイルド感があってギャップがたまんないし……。浅羽さんも、なんか小動物的なかわいさがありますよね」

耀人が先ほど見た横顔からは別の印象も受けたが、もちろんそんなことは口にしない。

享平が大吾に突っ込みを入れた。

「涼森さんだけじゃなく、竹内さんにミオさんまでなんて、どんだけ気が多いんだよ」

「そういう対象ってわけじゃないですよ。なんていうか、推しみたいなもんです。そういえば竹内さんは既婚みたいですけど、涼森さんと浅羽さんはどうなんですかね。二人とも、指輪はしてなかったような……」

「ただ推しってだけなら結婚してようが関係ないだろ。ちなみに涼森さんは未婚だよ」

「へえ、井川さん詳しいですね。もしかして涼森さん推しですか」

「一緒にすんな」

「えへへ。じゃあ、浅羽さんはどうなんでしょう。速水さん、そういう話ってしました?」

「してないよ」

苦笑いで答えた櫂人は、赤信号で車を停めた。車は少し前から環八通りに入っている。

気づくと、助手席の享平が困ったような表情を浮かべていた。

「どうしたんですか」

「あ……。えーとですね」

何か話すべきかどうか、迷っているように見える。

しばらくして、享平は意を決したらしく口をひらいた。

「ミオさんは、ちょっと前に離婚したばかりなんです」

ミラーの中で、大吾が驚いている。

「……そうだったんですか」櫂人は静かに言った。

なるほど、前畑夫妻の話をした時のあの態度は、そういうわけか。

享平が後部座席を振り向く。

「本人が言ってないのに僕が教えるのもどうかと思うけど、佐々木くんが心配だからな」

「ちょ……どういう意味ですか」

「なんか軽はずみなことしそうだからなあ。安田さんみたいに、あんまりデリカシーのないことミオさんに言うなよ」

「言いませんよ」大吾は頬をふくらませた。

「頼むよマジで。あ、速水さんは大丈夫だと思いますけど」

「気をつけます」

それ以上詳しいことを、享平は話さなかった。

櫂人のほうでも、根掘り葉掘り訊くつもりはない。気にならないわけではないが。

夜の街を見つめながら、彼女は何を考えていたのだろう。

澪が降りた後の、後部座席の空いた場所を、櫂人はバックミラー越しに見遣った。

そういえば昔は、その場所に自分が座っていた。この車を元の持ち主が運転していた頃、よく他の同僚とともに乗せてもらったものだ。

あの頃は、こんなふうに自分が運転席に座る未来が訪れることなど、思いもしなかった。しかも、いま乗せているのは当時まったく接点のなかった人たちだ。

元の持ち主が、今の俺を見たらなんと言うだろう。

相変わらず女性関係は苦手みたいだな、とからかってくるだろうか。そしてそれを聞いた仲間たちは、汗臭い車内でどっと笑うのだろう。

訓練の後、街へ繰り出した夜。あの時もバックミラーにはヘリコプターのマスコットが揺れていた。皆が一蓮托生（いちれんたくしょう）で乗り組んでいた、日の丸のついたヘリコプター。

それからしばらくして、あいつと俺は、違う標識をつけたヘリに乗ることになった。そして——。

第三章

背の低い草に覆われた台地を、二人の男は急いでいた。

背後には、万年雪を戴く峰がそびえ立っている。

待ち伏せを受けた降下地点から脱出し、歩き続けること三日。

標高が下がったため、昼夜の寒暖差はまだあるものの、日中は少し過ごしやすくなってきた。緑も増え、隠れる場所が多いのはありがたいことだ。

逃げるにあたってかなりの装備を放棄してきたので衛星通信はできなかったが、携帯通信機の不安定な回線を通して司令部と交信したところによれば、戦闘捜索救難機(CSAR)のオスプレイが今まさに向かってきているという。

もうじきここから出られると思えば安堵(あんど)はしたが、いまだ生死不明だというチームリーダーたちのことを考えると、気持ちは沈んだ。

「どうしようもなかった」

数歩先を行っていた連れの男が、まるで心を読んでいたかのように小声で話しかけてきた。「俺たちは、ここで捕まるわけにはいかない。そんなことになれば、くにの政権は吹っ飛ぶ」

「……わかってる。だが、それならなぜこれほどリスクがあるミッションに俺たちを投入したんだ」

「情報部の誰かがやらかしたんだろ。リスクはほとんど存在しないという情勢判断だった。その報告をもとに、実戦に限りなく近い経験を俺たちに積ませることを、上が決断しただけだ。もともと、そういうつもりで俺たちは送り込まれてきたんだ」

「それはわかってるが――」

言いかけたところで、連れの男は急に姿勢を低くすると、左手を下に動かすハンドシグナルを送ってきた。伏せろという意味だ。すばやく匍匐の体勢を取り、Ｍｋ18Ｍｏｄ1アサルトカービンを構えなおす。

「油断した」

連れの男が言う。

「俺には見えなかった。視認したか」

「ああ。複数いる。このままでは囲まれるかもしれん」

「くそっ。……オスプレイが来るまで持つかな」

ＣＶ－22Ｂオスプレイは後部ドアに、ドアガンと呼ばれる機銃を搭載している。その火力で一時的に敵を制圧することは可能だ。

だが、到着予定時刻（ETA）まではあと一時間。

「左のほうに、崖があったな」連れが言った。

今歩いている台地を流れる川が、急峻（きゅうしゅん）な渓谷を刻んでいることは把握していた。

「そっちに奴（やつ）らを誘導して、うまく撒（ま）いてくる」

「待て。単独行動は危険だ」

「いや……二人して捕まるわけにはいかない」

「一人であっても、捕虜になることは許されないだろ。お前、まさか」

「いや。今さら、生きて虜囚（りょしゅう）の辱（はずかし）めを受けず、なんて時代じゃないさ」

連れはそう言って笑うと、答えを待たずに中腰の姿勢になった。走り出そうとしている。

「ただ、もしもの時には……そうだな、とりあえずあの車はお前にやるよ」

「おい――」

立ち上がり、追いかけようとしたが足がもつれて動かない。なぜだ。いや、これは夢か。

夢にしてはいやにリアルな。そう、これはかつてたしかに経験したことだ。それをまた、
俺は夢に見ているのか――。

＊

アスカデパートで環境展がおこなわれた翌週の半ば。

四月も既に下旬に入ったこの日、櫂人と澪は神奈川県西部にある小田急線の駅に降り立った。それほど大きな駅ではなく、平日の昼間ということもあって人影はまばらだ。

駅前に立った櫂人は、澪に気づかれぬように小さく欠伸（あくび）をした。昨夜は、あまりよく眠れなかったのだ。

欠伸の涙ににじむ目で駅の北側を見ると、丹沢山地の山々が連なっていた。南には大磯（おおいそ）丘陵、西には富士山も見えるはずだが、空一面を覆う雲に邪魔されている。風も少し強く、季節が戻ったように肌寒い日だった。

瑞光物産の社有林での観察会は、間もなくやってくるゴールデンウイークの後半に開催される。先方の担当者とともに下見をするため、櫂人たちはここを訪れたのだ。下見は、櫂人と澪の月読記念財団スタッフと、瑞光物産CSR推進部のスタッフ、そして講師を依頼したカメラマンの前畑の三者が顔を合わせる機会でもあった。

駅前で瑞光物産のスタッフや前畑と待ち合わせ、一緒に社有林へ向かうことになっていた。

駅前の小さな広場に立つ時計は、十二時を少し回ったところだ。

待ち合わせの時刻は、午後一時。だいぶ余裕がある。櫂人と澪はここで昼食をとるつもりで、午前中の仕事を早々に切り上げてきたのだった。

だが、食堂の一つくらいは見つかるだろうと思って来たものの、駅前の店はコンビニと民芸品店が一軒ずつだけだ。落ち着いて食事ができそうな店は見当たらなかった。

「ああ、ちゃんと調べてくればよかったですね」

櫂人は詫(わ)びた。「向こうを見てきます。スマホで探すより歩いたほうが早そうです」

「あ、わたしも行きます」

二人で探すと、駅から少し離れたところに、住宅の間に商店が点在する通りがあった。商店街と呼ぶにはいささか寂しい。飲食店はほとんどが夜の営業らしく、小さな食堂が一つだけ開いていた。

「お食事処(どころ)」というのれんの向こう、入口の引き戸は曇りガラスになっており店内の様子はわからない。入口脇(わき)のショーケースには、色あせた食品サンプルのカツ丼やカレーライスなどが並んでいる。

櫂人は、若干不安を覚えた。店構えの問題ではない。店の前、狭い駐車場に駐(と)まった二台の黒いバイクのことだ。

ホンダ・フォルツァとヤマハ・マジェスティ。どちらも排気量二五〇ccの、ビッグスクーターと呼ばれるタイプのバイクである。カーオーディオの大きなスピーカーを取りつけ、明らかに違法な改造マフラーに交換していた。

前輪のタイヤ中央部がかなりすり減っているのも見て取れた。急ブレーキを多用しているのだろう。あまり運転が上手とはいえない、おそらくは品もない乗り手のようだ。

普通に乗ればいいバイクなのにもったいない、と燿人は思った。

「やってるみたいですよ」

澪が、引き戸にかかった営業中の札を指差して言った。バイクのことは目に留まらなかったようだ。

「こういう雰囲気のお店、美味しいはずです」

澪がのれんをくぐる。

仕方がない。燿人もそれについていった。

戸を横に引いた瞬間、大きな声が聞こえてきた。食事をしながらの話し声というには、いささか騒がしい。それほど広くはない店内の、L字型のカウンターの左奥、四人がけのテーブル席に座った客の声だった。

若い男が二人。

片方は革ジャンを着て、ツーブロックにした長髪を後ろで結んでいる。もう片方は黒いスウェットに、襟足を伸ばした金髪だ。どちらも、じゃらじゃらとした金のネックレスが首元から覗いていた。

二人のテーブルの上には、ビール瓶が並んでいる。昼間から酒を飲んで騒いでいたようだ。店の前のバイクは彼らのものらしいが、酒を提供してよいのだろうか。

その席に料理を運んでいた店員の中年女性と目が合う。ほっとしたように微笑んで、「いらっしゃいませ」と声をかけてきた。

他には、カウンターの中にいる店主らしき白髪の男性と、テーブルから離れた右端のカウンター席に座った初老の男だけだ。男は、丼飯をかきこんでいる。

澪は一瞬だけ若い男の二人組を見遣った後、櫂人に視線を合わせてきた。

どうしますか、と櫂人が目だけで訊くと、やはり目だけで、まあいいんじゃないでしょうかと答えてくる。バイクに気づかなかったのだし、飲酒運転のことまで考えが及ばなかったのだろう。

そのまま、カウンターの真ん中に席を取る。先に澪の左側に陣取り、左奥の男たちと澪の間に入るようにした。今日も背負ってきた愛用のリュック――Ｍ９バックパックは膝のところにある棚に置く。

温かいラーメンでも食べたかったが、この店のメニューには無いようだ。櫂人は肉野菜炒め定食を、澪は焼き魚定食を注文した。

女性の店員が、カウンターの中の店主に注文を伝える。やりとりの様子から、二人は夫婦らしいことが察せられた。

目の前で料理がつくられていくのを見るのは楽しいものだが、その間もテーブル席の騒ぎは続いている。やかましい声が響く度、櫂人の隣で澪はむっとした顔になっていた。

それでも、カウンターに出された料理に箸をつけると、澪は満足そうな表情を浮かべた。

「このお魚、脂が乗ってて美味しいです」

櫂人も「こっちもうまいですよ」と頷き返す。実際、肉の旨みと野菜の甘みがちょうどよいバランスで、タレと相まって白い米が進む味だ。

しかし、またしても響き渡った下卑た笑い声が、幸せな気分のままでいることを許してはくれなかった。

若い男たちの一人が、店員の女性を「ばばあ、ビール追加」とぞんざいな口調で呼びつけている。親しみを込めて呼んでいるわけではなさそうだ。調理を終え、カウンターの中の丸椅子に座ってスポーツ新聞を開いていた店主が苦々しげな顔をした。

カウンター右端の席にいた初老の男が、箸を置くやいなや金を払い、逃げるように店を出ていく。

食事の途中から、櫂人は男たちがちらちらとこちらを見ていることに気づいていた。正確には、彼らの視線が向けられているのは櫂人の隣、澪だ。

嫌な予感がする。

櫂人と澪がそろそろ食べ終わろうかという頃に、男たちはビールを飲み終え、テーブルから立ち上がった。

櫂人の傍、レジのところにゆっくり歩いてくると、長髪を結んだ男がカウンターへ一万円札を放り投げた。

「早くしろよ、じじい」

店主がそれを拾い、レジの操作をする。

聞きとがめた澪が、長髪男をにらみつけた。その視線に、男は気づいたようだ。

「なんか用か」

櫂人の存在など眼中にないかのように、すごんでくる。

もう一人の金髪男が、にやにやとしながら近づいてきた。

「まあ待てよ」

長髪に声をかけた後、もともと細い目をさらに細め、金髪は澪の顔をじろじろとなめ回すように眺めた。

「ふうん……。お姉さん、なかなかいけてるね」

澪は男たちをにらみ続けているものの、その身体がこわばっているのは隣の櫂人にもわかった。

長髪は、澪の服装を見て「山にでも登んの？」と訊いてきた。

澪は答えない。

「山とか自然とか、どうでもよくね？　あんなしけた山の木なんか、全部切っちまえばいいのによ」

くくく、と自分の台詞に笑った長髪は、なおも澪に話しかけた。

「山なんか行くよりさ、俺たちと楽しむってのはどうよ」

櫂人は、丹田に力がこもるのを感じた。伝わってくる暴力の予感に、身体が自然と反応しているのだ。

同時に、脳内では冷静に計算を働かせている。

ここで騒ぎを起こしてはまずい――。

櫂人は、すっと立ち上がった。

澪に因縁をつけてきた長髪男の前に立ち塞がる。

「なんだお前」

男が、顔をしかめた。

澪が息を呑んだのを、背中で感じる。

櫂人は男を見つめ返した。

「だから、なんだっつってんだよ」

長髪男の向こうにいる金髪も、敵意のこもった目を櫂人へぶつけてきた。

「……すみません、勘弁していただけますか」

櫂人が頭を下げると二人の男は呆気（あっけ）にとられた様子になり、すぐに表情をいやらしく歪（ゆが）めた。

「できねえなあ」長髪が言う。

「何卒（なにとぞ）」

もう一度、今度は腰のところで直角になるほどに頭を下げた。

「足りねえよ」

「……わかりました」

櫂人は、油で汚れた床にひざまずいた。両手のひらも床につけ、身体を折る。

「申し訳ありませんでした」

澪が背中に触れ、「速水さん！」と呼びかけてきたが、今は聞こえないかのように振る舞った。

「頭、ちゃんと下までつけよっか」

長髪男が面白そうに言い、櫂人は従った。

額に、床の冷たさとぬめりが伝わってくる。

「こいつ、本当に地べたに頭つけやがったぜ」

ははは、と男たちがはやし立てる。後頭部に靴の乗る感触があり、櫂人の額は床に押しつけられた。

振り払うこともせず、櫂人はしばらくその姿勢を取り続けた。

やがて男たちは店を出ていった。

頭を起こし立ち上がった櫂人に、澪が申し訳なさそうな声で話しかけてくる。

「速水さん……」

振り向いた櫂人の顔を見た澪は、ハンカチを差し出してきた。

「あ、大丈夫です。汚れちゃいますから」

ポケットから自分のハンカチを出し、額をぬぐう。

店の外から、改造マフラーを吹かす爆音がした。スピーカーのがなり立てる音楽が遠ざかっていく。二台のバイクは走り去ったようだ。

澪は店の入口のほうをきっとにらみつけ、「あの連中、飲酒運転！」と吐き捨てるように言った。やっと気づいたらしい。

「お客さん、申し訳なかったね」

白髪の店主が言い、夫人らしき女性も「大丈夫？」と心配げに声をかけてきた。

「ああ、大丈夫です。……あの人たち、よく来るんですか」

櫂人の問いに、夫婦は顔を見合わせる。店主が腹立たしそうに言った。

「時々ね。うちだけじゃなくて、この町の飲食店はみんな嫌な思いしてるんじゃないかな」

「素性はわかっているんですか」

「まあ……ね」

澪の問いかけに、店主は言いよどんだ。

だが、櫂人にはある程度の推測はできていた。

以前にネットで見つけた、SNSの書き込みのことだ。付近に住むと思われる人物が、この小さな町で前はほとんど見られなかった暴力沙汰が最近連続していると投稿していた。

書き込みには、事件を起こしているのは二人組の半グレで、地元の店で暴行や傷害、時には窃盗もはたらいているとあった。SNS上の話ゆえ少々疑っていたのだが、現実に遭遇すると真実なのではと思えてくる。

店主は憤りを抑えきれなかったのか、吐き捨てるように呟いた。

「オカシラ様の祟りにでも遭っちまえばいいんだ」

「オカシラ様というのは？」櫂人は訊いた。

「ああ……。このあたりの言い伝えだよ」

そう言って、店主は厨房の壁を示した。カウンターから覗き込むと、天井近くの壁にオオカミの頭を模したような仮面が掛けられている。

「山に住んでる、頭がオオカミの神様さ。大きな体で、山を造ったり川を引いたりしたそうだ。山の中には足跡が残ってるなんて話もあったな。昔、年寄りからよく聞かされたものさ」

神様や、土地の伝説にすがりたくなる気持ちは櫂人にも理解できた。

澪が問いかける。

「警察には通報しないんですか。飲酒運転ですし、あれじゃあお店の側ではお酒出すの断れないですよね」

「相談したことはあるんだけどね……」

結局、警察は大して動いてくれなかったらしい。店主の口ぶりでは、今後もあまり期待できないようだ。

「信じられない。そんなことが……」

澪は憤った。

だが、おそらくよそ者が口を出しにくい闇(やみ)をこの土地は抱えているのだろう。今の自分たちには、残念だがどうにもしようがない。櫂人は、話を終わらせることにした。

「何はともあれ、美味しかったです。ごちそうさまでした」

財布を取り出す。店主はいいよいいよ、と言ってくれたが、澪と二人で「それはそれです」と半ば強引にお代を払い、店を出た。

しばらく、無言で歩く。向こうに駅が見えてきたところで、ずっと硬い顔をしていた澪が謝ってきた。

「速水さん、ごめんなさい」

「いやいや、僕のほうこそ申し訳なかったです。怖い思いをさせてしまって」

「それにしても、警察は何をしてるんでしょうね」

澪は、未だに憤懣やるかたないといった様子だ。

そういえばSNSには地元の有力者が絡んでいるという匂わせや、彼らの行動に誰も口を出せず、警察も動かずに泣き寝入りになっていることも書かれていた。

櫂人は言った。

「通報したら報復されるとか、いろいろあるのかもしれません。警察は四六時中守ってくれるわけじゃないですしね」

「腹立ちますねえ。……でも速水さん、あそこでいきなり相手を殴ったりしちゃうのかと一瞬思いました」

「もしかして、期待してました？」

「うーん、やっつけてくれたらスカッとしただろうけど……。速水さん、そういう経験あるんですか」

澪は、櫂人の腕に視線を向けた。

「まさか。大人になってからは、したことはないですよ。喧嘩は」

「そうでしょうね。速水さん、ジムに行ってるって言ってましたけど、喧嘩とかは見た感じ苦手そうですもんね。とにかく、怪我（けが）がなくてよかったです」

澪はそう言ったが、心のどこかで櫂人のことを頼りないと思ったかもしれない。まあ、やむを得ない。

「あ、わたし暴力賛成ってわけじゃないですよ。それに、あんなところで殴り合いとかしたらお店にも迷惑かけちゃいますしね」

「たしかに。でも、お店自体は正解でしたね」

「ええ。言ったとおりでしょ？」

澪は、今度こそようやく笑みを浮かべた。

駅前に戻ると、「あれ？」と澪が驚いた声を上げた。

「榊さん！」

そう叫んだ澪は、駅の出口に佇（たたず）む男性に近づいていく。男性の背丈は櫂人と同じくらいか。肩まで伸びたさらさらの髪は、少し茶色に染めているようだ。端整な顔に、黒いセルフレームの眼鏡をかけていた。

榊という名前には、聞き覚えがある。長期出張で不在にしていた、普及課の課長代理を務めている人物のようだ。

榊が身につけた、白地に肩周りだけ黒を配したマウンテンジャケットは、櫂人や澪の着ているものより一段と高級なブランド品だった。それでいて、単なるファッションではなくきちんと実用に供していることが、適度なくたびれ具合でわかる。

以前に良子から教えてもらった話では、榊は安田課長と同い年の三十八歳ということだったが、見かけはずいぶん若い。

「榊さん、なんでこんなところに。どうしたんですか」澪が訊ねた。

「いや、出張の帰りに事務所へ寄ったら、今日ここで下見をやるって話を聞いてね。午後は半休を取って家で過ごすつもりだったんだけど、僕はむかし瑞光物産とやりとりしたことがあったから、ちょっと顔を出してみようと思って」

「先方が法人会員になった時に担当してたそうですね。……あ、こちらは今月から中途で入ってこられた速水さんです」

澪が紹介してくれた。

「速水櫂人と申します。よろしくお願いします」

「榊明宏です。こちらこそよろしく」

榊がにこやかに握手を求めてきたので、握り返す。力強い手だった。

「そうだ。榊さん、瑞光物産とやりとりされてたってことは、今回の仕事も……」

勢い込んだ澪の機先を制するように、榊は笑って言った。

「講師は前畑さんに頼むんでしょ？　今からら仕事取るわけにいかないよ。それに、浅羽さんもそろそろメインで講師を張れるようになったほうがいいとは思うけどね」

「あ、はい……」

少し縮こまってしまった様子の澪に、榊はフォローするように「まあ、だんだんとね」とやさしく声をかけていた。

その時、改札を抜けて前畑がやってきた。以前と同じようなベストを着て、カメラバッグと三脚を抱えている。

「こんにちは。あれ？　榊さん」

前畑と榊はよく知っている仲のようだ。櫂人や澪と挨拶を交わした後も、話を弾ませていた。

そのうちに、今度は駅前の広場に白いワンボックス車——日産キャラバンが入ってきた。スライドドアの部分に、「瑞光林業」の文字がある。待ち合わせの相手だろう。

広場の隅に駐まったキャラバンから、四人の男女が降りてきた。皆、お揃いの作業服を着ている。胸の部分に、瑞光グループのロゴマークが刺繍されていた。

先頭に立って歩いてくるのは、髪を団子にまとめた、少しつり目気味の女性だ。その女性を見るなり、今まで和やかに話をしていた前畑は口をつぐみ、浮かない顔になった。

——もしかしてあの人が。

「月読記念財団の方々でしょうか？　こんにちは、瑞光物産です」女性が挨拶してきた。

さっそく、名刺交換が始まる。

澪が小声で、「やばっ……」というのが聞こえた。

「速水さん、ごめんなさい。名刺の発注また……」

「大丈夫ですよ」

耀人はそう澪に答え、「すみません、まだ入ったばかりで名刺がありませんが」と全員に言ってまわった。

飛び入り参加する形になった榊も、名刺を交換している。榊が法人会員を担当していた頃とは、先方の顔ぶれは一変しているようだ。

もらった名刺によれば、女性は瑞光物産CSR推進部の京野茜。以前見た、セミナー参加者のリストにあった名前だ。ぎこちなく会釈を交わす前畑の様子からして、やはり彼女が別居しているという妻だろう。名前は、社内ではもとから旧姓を通していたのかもしれない。

他の男性三人は、CSR推進部長の村重、住宅カンパニーという部署の宮原、そして瑞光物産の関連会社である瑞光林業の多賀井と名乗った。

アスカデパートで会ったライターの栗原から聞いたとおり、CSR推進部の部長は問題のあった石津という人物から交代したようだ。

新しい部長である村重は、役職からするとそれなりの年齢なのだろうが、黒髪は豊かで肌つやにも張りのある大柄な男性だった。がっしりとした体格からは、昔ラグビーか柔道でもやっていたような印象を受ける。

宮原は三十代くらいの眼鏡をかけた長身の男で、名刺を見ると特に役職にはついていないらしい。

瑞光林業の多賀井の名刺には、山林部の部長という肩書きが書かれていた。同じ部長職でも、総白髪のせいもあるのか村重よりかなり年上に見える。

村重に促され、櫂人たちはキャラバンに乗り込んだ。

社有林までは、瑞光林業の車に乗せていってもらう予定になっていた。路線バスは通っていても、本数が極端に少ないためだ。

月読記念財団の三人と前畑が後ろの座席についた後、村重たちも乗ってくる。前畑と京野は隣にならないほうがよいだろうと思ったが、気を遣うまでもなく、京野は前畑から一番離れた助手席に座っていた。

櫂人の前の席についた村重が、運転席に声をかけている。

「じゃあ多賀井さん、よろしく。ああ、エアコン利き過ぎだからちょっと調整して」

「あ……はい」

村重と多賀井のやりとりからは、部長であっても関連会社は本社より格下に扱われていることが感じられ、大企業におけるヒエラルキーを見せつけられた思いがした。

多賀井の運転で、車は出発した。

駅から見えた山の奥には、神奈川県北西部から山梨県にまたがる丹沢山塊が広がり、いくつもの一〇〇〇メートル級の峰々が連なっている。

社有林があるのはそれほど奥地ではなく、山塊の前衛にあたる低い山の中だ。瑞光物産が山林を保有し、瑞光林業が管理しているという。

移動する車内で、CSR推進部の京野と、上司である村重部長から改めて説明があった。

今回のイベントは、これから向かう「瑞光物産・丹沢社有林」において、瑞光グループ各社の社員とその家族向けに開催するものだ。

瑞光物産CSR推進部では同社の労働組合と共催で、東京に最も近い社有林であることを使い、以前から林の手入れや清掃などの企画をおこなってきた。今回はさらに自然観察会を実施することで、社員に自然環境の大切さを理解してもらうのが目的だという。

やがて車は、小さな川沿いの道に出た。

川向こうの山一帯が社有林ということだ。山には、スギやヒノキといった針葉樹の林が広がっていた。

川の流れに従い、道もくねくねとカーブを描いている。途中にいくつか、道から分かれて川を渡る短い橋があった。いずれも、林に入るための管理用のものだろう。

その間も、村重部長の話は続いていた。

「……当社の重要な財産である社有林を有効に活用し、社員や家族間の一体感醸成、コミュニケーション向上にも資することができればと考えているのです」

美辞麗句を並べ立てているが、いささか薄っぺらい印象を受ける。正直なところ、本当にそう思っているのだろうかと疑いもした。

助手席に座った京野の横顔からも、渋い表情が読み取れる。村重の長い話に対してか、あるいは村重という人物に対してか。いずれにせよ、瑞光物産CSR推進部内の雰囲気はあまりよいものとは言えなそうだ。

カーブの先に、また短い橋が見えてきた。今度は、キャラバンはウィンカーを出してそちらへと曲がった。橋の架けられた川が、瑞光物産の所有する土地との境界ということだ。それほど幅の広い川ではない。

短い橋を渡った先には、車数台が駐められそうな砂利敷きの駐車場と、古びた木造の建物があった。

車を降りると、瑞光林業の多賀井が、皆を建物に案内してくれた。倉庫と事務室を兼ねた管理小屋だという。

並んで小屋に入る。櫂人の後ろでは、京野が中の様子をきょろきょろと見回していた。本社勤務のため、こういった場所が珍しいのだろうかとも思ったが、妙に険しい顔だ。何かを探しているようにも見える。どうしたんですか、とまでは訊けなかった。

奥の会議室には、作業服姿の中年男性が待っていた。

男は地元の黒砂（くろすな）建設という建設会社の社長で、黒砂和夫（かずお）と名乗った。彼も今回の観察会に関わっているようだ。

黒砂建設は、ここの社有林から切り出した木材を卸す主要取引先の一つで、林の維持管理も瑞光林業から一部委託されているとの話だった。多賀井によれば、黒砂建設はこの地域で最大規模の建設会社らしい。

それから皆で、壁にかかった社有林の地図を確認した。広い山中には、森林の管理や木材切り出し用の道が張り巡らされている。

地図を前に、自然観察会のコースを検討する。

社有林の多くは単調な針葉樹林だったが、管理小屋から近い地域には雑木林が広がっていた。観察会ではさまざまな環境を見られたほうがよい。

前畑は、そこを通る道を観察会のコースにしたいと申し出た。

「このコースなら、高低差もそれほどありません。参加者には家族連れも多いということですので、適切だと思います」

前畑の提案に、多賀井は少し考えてから「いいでしょう」と答えた。

「ただ、この道には分岐が何カ所かあります。当日は参加者が間違えないよう注意してください」

分岐の場所は、今日これからの下見で教えてくれるという。

皆で、管理小屋の外に出た。

丹沢では近年、人の足首から這い上がって血を吸うヤマビルが生息範囲を広げている。今日も出現が予想されたため、黒砂の指導で皆はズボンの裾を靴下に入れ、防除スプレーを靴にかけた。

それから櫂人はリュックから双眼鏡を取り出し、ストラップで首から提げた。これで準備完了だ。

多賀井の先導で、登山道を歩きはじめる。

櫂人が腕のダイバーズウォッチを確認すると、午後二時を回っていた。

「この時間だと、朝に比べると野鳥の観察がしづらいね」榊課長代理が言った。

澪が答える。

「たしかにそうなんですけど、今日は先方の都合もあって仕方がなかったんです」

「本番は午前中だっけ」

「はい。先にゴミ拾い活動をしてからなので、九時半くらいからですかね」

「九時半ね。了解」

「まあ、そのつもりで下見しますよ」前畑が言った。

ゆるやかな登り坂で尾根に出、そこから低めのピークを目指す。山頂でひと休みした後は別の尾根伝いに下り、ぐるりと一周して管理小屋に戻ってくるコースである。

　登りはじめて少しすると、一行の先頭と最後尾の差が開いてきた。

　先頭は、多賀井と前畑だ。

　どんなものが観察できるか、前畑は多賀井に確認しつつ歩いている。そのすぐ後ろを、澪と櫂人もついていった。結局当日は助手役をすることになった澪は、懸命にメモを取っている。

　少し離れて歩く榊課長代理は、この仕事に直接関係がないからか、興味のおもむくままきょろきょろとあたりを見回していた。なんとも気楽な様子だ。

　その後ろは、CSR推進部の村重部長と黒砂建設の社長である。二人は何か話し続けており、周囲の自然にあまり関心はないようだ。もっとも、黒砂社長についていえば見慣れた景色だからかもしれない。

　最後尾はCSR推進部の京野と、住宅カンパニーの宮原だった。

　宮原はともかく、主要スタッフである京野は前のほうに来ていなくてよいのだろうか。

　櫂人はそのことを確認しようと、澪に断った上で歩くスピードをゆるめた。

　他の皆を追い抜かせ、最後尾の京野と並ぶ。

　京野はストップウォッチでコースタイムを計り、手元のメモ帳に記入していた。ちらりと見えたメモには、行動予定が分刻みで書かれているようだ。

野外での行動なのだから多少のずれを見てもよいとは思うのだが、京野はかなり厳格に物事を管理したいタイプらしい。ライターの栗原が、彼女を評して「わりときっちりとしてて間違ってることは許せないって感じの人だから」と言っていたのを思い出した。

耀人は訊いた。

「京野さんは、前のほうに行かなくてよいのですか」

「ああ……私はいいんです。当日の役割は参加者の安全管理で、一番後ろを歩くことになりますし、今日もその練習です」

そうですか、と耀人は頷きつつ思った。

それは単なる口実かもしれない。京野と前畑がまともに口をきく場面を、耀人はまだ見ていなかった。あまり近くにいたくはないというわけか。

あるいは、村重部長を嫌ってのことか。ここに来る車内だけでなく到着後も、京野が村重に好意的とはいえない視線を送る様子を何度か見かけていた。

まあ、そこまで無理をしてもらう必要もないだろう。

再び足を速めかけ、耀人は京野の少し前を無言で歩いている人物が気になった。瑞光物産の社員、宮原だ。

住宅カンパニー所属の宮原は、出発してからずっと一人である。部署が違うので、他の社員と馴染(なじ)みがないのだろうか。

耀人は、宮原に話しかけた。

「こんにちは」

「ああ……こんにちは」

「宮原さん、でしたよね。住宅カンパニーというところにおられるそうで」

瑞光物産がカンパニー制を敷いていることは、あらかじめ調べてあった。住宅や食料、機械など、取り扱う製品ごとの事業部門が、それぞれ独立採算で運営されているのだ。個々の事業部門は独立企業と同じ程度の権限を持ち、売上や利益についての責任も負うというものである。

「今日は住宅カンパニーの社員としてじゃなくて、労働組合の職場委員として来させられてるんですけどね」

宮原は、やや不満げに言った。

このイベントはCSR推進部と労働組合の共催であるため、労組側からの要員として宮原が差し出されたということらしい。労組の職場委員とは、会社の各職場で働きながら労組の仕事もしている者だそうだ。

「他の部署にも職場委員はいるはずなのに、例年このイベントは住宅カンパニーの職場委員にお呼びがかかるんですよ。まあ、住宅カンパニーから労組の役員を多く出してるっていう背景もあるんでしょうけど。村重さんだって、前は住宅カンパニーにいて、管理職になる前は労組の役員もやってましたしね。それにしたって、忙しいのにイベント当日もまた来させられるなんてたまんないな」

宮原は、面倒くささそうな顔を隠そうともしない。

労働組合といえば、この社有林がかつて過激派の学生の拠点として提供されていたという話を櫂人は思い出した。瑞光物産の記念館の展示に、小さく書かれていたことだ。

その話を振ってみると、宮原は答えた。

「ああ……なんか昔は暗いイメージを払拭するのに一生懸命で、それで社有林でのイベントを始めたって聞きましたよ。今さら学生運動なんてピンと来ないし、自意識過剰っていう気もしますけどね」

なるほど。イベントを始めた理由については、以前に櫂人が想像したとおりらしい。

それよりも宮原は、ここに連れてこられたことへの不満を口にしたくて仕方がないようだ。延々と文句を垂れ続けている。

「おたくに言うのもなんですけど、正直なところ、森の保全とかあんまり興味ないんですよ。村重さんだって、本心ではそうだと思いますよ」

ずいぶんストレートな表現である。

しかし、案外多くの人の本音なのかもしれないと櫂人は感じた。

そのような人たちにも自然保護への関心を持ってもらうのが月読記念財団の目的の一つ

ではあるのだが、すぐには難しそうだ。

多摩川河口自然公園でマダニに刺された少年、金村晴翔の父親のことを思い出す。あの父親も、この宮原と同じような感覚だったのではないか。

自然保護団体の内部にいると、自然を守ることは疑いの余地がない絶対の真理のように思えてしまうが、必ずしも世の中の人たちも同じ意見というわけではないのだ。

耀人の考えを見抜いたように、宮原は言った。

「村重さんはともかく、CSRの連中はちょっとピュアすぎるところがあるんですよね」

後ろをついてくる京野にちらりと視線を送っている。

「まあ、そういう面もあるかもしれませんね」

耀人は曖昧(あいまい)に頷いた。話を聞き出すためには、ある程度は同意の姿勢を見せることも重要だ。

「瑞光林業も、あの黒砂建設とかいう建設会社も、別にそんなに森だの環境だのを大事に思ってるわけじゃないでしょう。だいたい大事にしてたら、ばいきゃ……」

宮原は、そこまで言って口をつぐんだ。

「どうされたんですか」

「いや……。うん、まあいいです」

宮原が口にしかけたのは、大事にしてたら売却なんかしないはず、という台詞だったのかもしれない。それは先日栗原から聞いた噂だが、瑞光物産グループとしてはまだ公式に発表しているものではなかった。

さすがの宮原も、一応は会社員としてコンプライアンスを遵守したようだ。今は、それ以上訊ねても困らせてしまうだけだろう。

宮原と話しているうちに、先を行く多賀井たちとの間が空いてしまっていた。

櫂人は、澪のところまで早足で皆を追い越していった。

前畑の話のメモを取っている澪に、後から来る人たちの様子を小さな声で伝える。

澪は後ろを振り返り、やはり小声で答えてきた。

「なんだか、気を遣いますね」

京野のことだろう。

仕方がありませんよ、と櫂人は頷いた。

それから十五分ほど歩いたところで、登山道は二つに分かれていた。管理小屋の地図にあった、分岐点の一つだろう。

立ち止まった多賀井が、本番の日はこちらに行かないようにと注意している途中で、後続の村重たちが追いついてきた。

「ああ、多賀井さん。分岐のこと、説明した？　ちゃんと伝えといてくれないと困るよ」

多賀井はまさにその話をしていたところだったのだが、村重には穏やかに「わかりました」と答えた。

村重は「よろしくね」とあくまで軽い調子だ。部外者である耀人たちの前ゆえ、多少の遠慮はしているようだが、それでも彼の態度からは横柄さが透けて見えた。

不快感を、顔に出してしまったのかもしれない。耀人と澪の表情に気づいたのか、多賀井は分岐の説明を終えて再び歩き出した後、自らの立場を話してくれた。

「私はもともと瑞光物産の社員だったんですが、瑞光林業に出向になりましてね。うちのグループは、とにかく本社が一番という考えが強くて……」

多賀井は言葉を濁したが、瑞光物産の本社の者からは、関係会社である瑞光林業の社員は格下に見られているということのようだ。

見たところ多賀井のほうが村重よりずいぶん年上のようだし、同じ部長職でもあるが、それよりもグループ内での慣習が優先されるらしい。

耀人は、澪と何げなく顔を見合わせた。澪は表情で、サラリーマンは大変ですね、と伝えてきているように思えた。組織に勤めて給料をもらうという意味では財団職員もそう変わらないのだが、大組織にありがちな、妙なしがらみがない分だけましなのかもしれない。

その直後、耀人に向けられていた澪の視線が少しだけそれた。「あ」と小さく口にして足を止める。

彼女の視線を追うと、小さな鳥が登山道を横切り、道の脇の藪に入っていくところだった。暗い緑がかった褐色の羽が、一瞬だけ見えた。

他の皆も、それを見ていたらしい。一行は立ち止まった。

「何かしら？」と京野が呟いた。ふっと、疑問が口をついて出たような言い方だった。

「ウグイスだよ」

何げない調子で答えたのは、前畑だ。

前畑はそう口にした後で、しまった、という顔になった。

一方の京野は、回答があった手前、何も反応しないわけにもいかないようで「そうですか」と小さく呟いている。

せっかくだからもう少し二人で話してもよいのでは、と櫂人は思ったが、余計なお世話かもしれない。

事情を知らないのか、あるいは鈍感なだけなのか、二人の間の空気をまったく気にするふうでもなく村重が言った。

「ウグイスって、あんな地味な鳥なんですか。近所で見かける緑色のやつがそうだと思ってた」

前畑は、京野ではない相手に説明ができることに、明らかにほっとした様子でそれに答えた。

「そいつはたぶん、メジロですね。時々誤解されるんですよ。一般的に鶯(うぐいす)色としてイメージされがちなのは、やわらかい黄緑色だと思いますが、それはどちらかといえばメジロの色なんです。メジロは身近でもよく見られる鳥で、明るい黄緑色をしていて目の周りには白い縁取りがあります」

「そう。それそれ」村重が言った。

「本来のウグイスは、さっき一瞬見えたように地味な鳥なんですよ。鶯色も、昔はウグイスに似た暗い緑褐色のことだったんですが、次第に混同されるようになってしまったそうです」

「へえ」

饒舌(じょうぜつ)に解説しはじめた前畑を見て京野は複雑な表情を浮かべていたが、前畑が話している相手が村重ということもあるのか、やがてその場を離れていってしまった。

「ウグイスは警戒心が強いので、藪の中に潜んでいて姿は見えないことが多いんです。見られたのはラッキーでしたね」

「でも、せっかくだから声も聞きたいな」

「そうですね」

それからしばらく、一行はウグイスのさえずりを待ったが、残念ながら鳴いてくれることはなく、藪の中の気配も消えてしまった。どこかへ飛び去ったのかもしれない。

「本番では開けたらいいんですけどね。行きましょうか」

そう言って、前畑は皆を促した。

歩行を再開した後、なりゆきで櫂人は村重の隣になった。

村重は、ここまでの登り坂でかなり疲れているようだ。昔ラグビーなり柔道なりをやっていたのだとしても、もはやかつての体力はないであろうことはお腹周り(なか)が証明している。

汗をふきながら歩く村重に、櫂人は訊いた。

「この山は、ずいぶん広いんですね」

「ええ。二〇〇ヘクタールほどあります。よく例えに出される東京ドームの面積でいうと、ざっくり四十個分ですね」

「そんなにあるんですか」

「これでも、弊社の社有林の中では小さいほうですよ。全国合わせると、三〇〇〇〇ヘクタールあるんですから」

「それはすごいですね」

櫂人が驚いてみせると、村重は自分の持ち物でもないのに得意そうな顔になった。

訊いてみるなら、宮原よりはこの人物のほうがよいかもしれない。何げない調子で口にする。

「そういえば、ちょっと前に噂を聞いたんですが……この林の一部を、売却する話があるとか」

「ああ……」

村重は初め、少し迷っていた。

だが、まったく知らないふりをするよりは、きちんと対応したほうがよいと判断したらしい。ある程度、話が漏れていることは把握していたのだろう。責任あるポジションにいる者を相手にするという櫂人の判断は、間違っていなかったようだ。

村重が質問してくる。

「ネットか何かでお知りになったんですか」

「ええ、まあ」

栗原から聞いたとは、さすがに言えない。

「まったく、もう出回っているとは……」

村重は苦々しそうに言った。「まだオフレコなんですが、山の一部を売却するのは事実です。売却先のことはご存じで？」

「いいえ」

「でしたら、そこまではご容赦ください。何ぶん、今はこの不景気でしょう。苦渋の決断なんですよ」

そう話した後、村重は櫂人が環境ＮＧＯの職員であることをあらためて認識したのかもしれない。弁解するように言った。

「ああ……売却後は、十分環境に配慮して開発を進める計画になっていますので」

「その点は、何卒よろしくお願いします」

　櫂人が言うと、村重は「では」と、そそくさと離れていった。


　山を一回りし、下り坂の向こうに管理小屋の屋根が見えてきたのは午後四時半頃だった。ペースを記録していた京野によれば、今日は下見のため時間がかかったが本番は大丈夫だろうということだ。

　その時、前畑が空を見上げた。後を行く皆も、つられて視線を向ける。

　山あいの空を、トビが一羽飛んでいた。

「なんだ、トンビか」

　村重が言った。

「ええ」と答えた前畑が、隣の澪にトビの解説のポイントを教えはじめる。

　熱心に話を聞く澪の様子を後ろから見守りながら、櫂人は麓まで歩いた。

　管理小屋まで帰り着いたところで、今日は解散だ。

　駅までは、また瑞光物産のキャラバンで送ってもらえるという。櫂人の隣には、黒砂建設の社長、黒砂和夫が座った。彼もこの車に乗っていくのだ。

らしい。

黒砂の作業服の袖口からは、金色のロレックスが覗いていた。それなりに儲かっている

黒砂とはここまであまり会話を交わす機会がなかったので、耀人は話しかけてみた。社有林の売却について彼も何か知っているのではとも思ったが、狭い車内でそんな話をするわけにもいかない。黒砂が観察会の本番にも参加するという話を聞いた後は、ほとんど雑談に終始してしまった。

車が駅に近づくと、行きがけに寄った食堂が見えた。店の前の駐車場にバイクの姿はなく、内心ほっとする。

耀人はふと、食堂で聞いた話を思い出した。

「そういえば、オカシラ様というのはご存じですか」黒砂に訊ねる。

「ああ……このあたりで信じられてる山の神様ですね。どこでそれを？」

「事前に少し調べまして。黒砂建設さんは、山でのお仕事もされるのでしょう？」

「瑞光林業さんから材木を卸してもらってますからね。それで、今日もご一緒してるわけです」

「ということは、やはり山の神様も大事にしておられるのでしょうね」

「まあ……一応はね。ただまあ、個人的にはそこまでは気にしてないですね。今どき、そういうのを全部信じてたらやっていけませんよ」

「そんなものですか」

間もなく、キャラバンは駅前に着いた。

耀人と澪、前畑、そして榊課長代理の四人はここで車を降りた。黒砂社長は街なかにある会社まで送ってもらうということで、車に乗ったまま瑞光物産の社員たちと一緒に去っていった。

彼らを見送った後、前畑は耀人たちに向きなおると頭を下げた。

「今日は気を遣わせてしまいましたね。すみませんでした」

京野のことだろう。

「いえいえ、そんな……」澪は両手のひらを前畑に向け、小さく振った。

「もうご存じかと思いますが、彼女とはちょっといろいろありまして……。でも、仕事には影響させないようにしますので」

事情を知らないらしい榊は、きょとんとした顔をしている。

それに気づいたのか、前畑は自分から京野とのことを説明した。

「そうだったんですか。京野さん――奥様のほうでは、どうなんでしょう」

榊の訊き方は、わりとストレートだ。

「いやあ、正直厳しいんじゃないですかね」

前畑は頭をかきながら答えた。「彼女、あんな感じでしょう。間違ったことが嫌いで、とにかくきっちりしてるんですよ。僕はまあ、いい加減なところがあるから……。よくないとは思ってるんですが」

前畑が苦笑いする。

話題を変えるように、澪が言った。

「そろそろ、帰りましょうか」

「ああ、私は寄るところがあるんで。皆さんは先にどうぞ」

そう言ったのは、榊だ。

「どこですか」澪が興味津々な様子で訊ねる。

「うーん、ちょっと食べていきたいお店があって」

「それって、もしかして」

澪は櫂人の顔を見ながら、昼食をとった食堂の名を口にした。

「あ……うん、そうそう。そこのこと。よく知ってるね」

「今日のお昼、速水さんと一緒に食べたんですよ。美味しかったです。まあ、料理とは違うところでアレでしたけど」

「アレって？　お店の対応とか？」

「いえ、そこはまったく問題ないんです。ただ他のお客さんに、ちょっと困った人がいたというか……」

澪はまた視線を送ってきたが、櫂人は、その件は言わないでおきましょうと表情で訴えた。察してくれたらしく、澪が話を続けることはなかった。

「困った人か。まあ、そんな人とは遭遇しないように願うよ。じゃあ」

榊は手を振り、歩き去っていった。

櫂人たちはそれを見送って、改札をくぐる。ホームで電車を待っている間に、澪が言った。

「それにしても、あのお店にいた連中、腹が立ったなあ」

仕事が終わって少し気がゆるんだのか、澪の言葉遣いはややフランクになっている。櫂人もつい、「そうだね」と答えてしまった。

すぐに気づき、言いなおす。

「失礼しました。そうですね」

今度は、やたらと硬い口調になった。

澪は「やめてくださいよ」と笑った後、「ていうか敬語は……」と言いかけたが、何か思いなおしたようで口を閉じていた。

*

社有林の下見に行った週の、金曜日。

月読記念財団の普及課は、長期出張から戻った榊課長代理も含めて皆が相変わらず忙しくしている。

前の週末におこなわれたアスカデパートでの環境展はまずまずの成功だったらしく、先方の役員から氷室専務に丁重なお礼があったそうだ。お褒めにあずかった安田課長は満面の笑みを浮かべ、「いやー、大成功だったね。すばらしい」と享平の肩を叩(たた)いていた。

なお安田には、搬入にあたってトラブルがあり、櫂人の車を使ったことは報告している。

「その分の交通費は申請しておいてください。僕からも経理に伝えておきます」とは言ってくれていた。

櫂人が見せてもらった、先方の担当者から送られてきた入場者アンケートのまとめには、「自然の大切さがよくわかった」「今後環境問題に気をつけようと思う」という感想が並んでいた。

ごく一部の優等生的なコメントだとしても、その人たちに何かを感じてもらえたのなら、イベントの意味はあったのだろう。

まるで砂漠に水をまくようなものだが、自然保護の普及というのはそうしたことの積み重ねなのではないか。

この数週間で、櫂人はそう思うようになっていた。

そして、次の水まき――新しい仕事も入ってきている。

享平が以前から別件でやりとりしていた電機メーカーが、新製品のＩＣレコーダーを発売したというので、タイアップ企画が持ち込まれたのだ。

ＩＣレコーダーは野鳥の声を録音するのに便利であり、利用している愛好家も多い。メーカーからは、イベントなどの際に参加者へ貸し出すよう、財団にまとまった数を無償提供するという話だった。もちろん宣伝してほしいという意図だろうが、こちらとしてもありがたい話ではある。

直近のイベントといえば、ゴールデンウイーク後半におこなわれる瑞光物産社有林での観察会だ。

そこで、瑞光物産の了解をもらい、観察会の参加者へＩＣレコーダーを貸し出すことになったのである。当日の機材管理や貸し出しは、櫂人の担当だ。

いま櫂人は、貸し出しの対象者へＩＣレコーダーと一緒に渡す説明の用紙を作成していた。プリントアウトし、オフィス中央に置かれた各部署共用の複合機へ取りに行く。

先に他の誰かが出力した紙が、トレイに残されていた。見てみると、カルチャースクールの講座の次回参加者リストだ。

カルチャースクールが主催し、享平が企画運営を担当している講座は、およそ月に一度のペースで毎回行き先を変え、その都度参加者を募って開催されている。先日、多摩川河口自然公園でおこなわれた観察会に、耀人もスタッフとして参加したばかりだ。そういえば、来月の観察会の参加者を募集中だと聞いていた。

その参加者リストが主催者側から送られてきたものを、享平がプリントアウトしたのだろう。

耀人は、ついでに持っていってやることにした。

普及課の島に戻り、享平へ「カルチャースクールの参加者リスト、出力されましたよね」と渡そうとすると、澪が声をかけてきた。

「ちょっと見せて」

手渡した紙に何度も目を通した澪が、軽くため息をつく。

「どうしたんですか」

「あのマダニに咬まれた子の一家、また来てくれないかなと思ってるんですけど、名前がなくて」

そうだったのか。

だが、仕方がないだろう。澪は気の毒ではあるが。

それからは急に忙しくなり、あっという間に時間が過ぎた。

午後も遅くなった頃。電話を受けていた享平が、受話器を置くと突然机に突っ伏した。

「享平くん……もしかして、また？」

隣の良子が心配半分、呆れ半分といった様子で声をかける。

「あ、えーと……まあ、こないだほどやばくはないんですけど」

享平は顔を上げ、答えた。

「多摩川の竹内さんのところに、明日の昼までに例のＩＣレコーダーを三台送らなきゃいけなかったのに、忘れてました。観察会で使ってもらうって話になってたんです」

「まだ身内でよかったね。明日の昼までってことは……いっそ今日これから、直接持っていけばいいんじゃない？ 最悪、明日の朝でも間に合うでしょ。明日は土曜日だし」

「それが、今日は夕方から来客があるんですよ。明日は別のイベントで休出ですし」

「あ、そうか」スケジュールの管理表を見て、良子が言った。

困ったなあ、と呟いた享平が一瞬だけこちらに視線を向けたのに、燿人は気づいた。

やれやれ。すっかり頼られてしまった。

……まあ、いいだろう。

燿人は微笑みつつ言った。「明日でよければ、僕が行きましょうか」

横から澪が口を挟んでくる。

「ちょっと、速水さん。享平くんを甘やかしすぎですよ。享平くんさあ、それはどうなの」

ええ、まあ……としょげる享平と、眉をひそめる澪に、燿人は言った。

「大丈夫ですよ。今はこのくらいしかお役に立てませんので。それに、多摩川の公園はもう一度個人的に見学に行くつもりで、いっそ明日にでもと思ってたところなんです」

「速水さん、勉強熱心なのね」

良子はひどく感心している。享平が頭を下げた。

「何度も申し訳ないです」

いえいえ、と櫂人は笑った。

もともと、多摩川河口自然公園のチーフレンジャー、竹内真由美に確認したいことがあったのだ。


翌日の土曜日、櫂人は多摩川河口自然公園を訪れた。

電車で行くかどうか考えた末、車を使うことにした。青いインプレッサで環七を南へ向かう。

渋滞に巻き込まれもせず、公園近くには午前中の早い時間に到着できた。

付近のコインパーキングに車を駐め、公園に入る。

ネイチャーセンターへ顔を出すと、竹内真由美が何かの展示物を来館者に解説しているところだった。

月読記念財団の本部事務局は土日休みだが、それぞれの現場に派遣されたレンジャーは、派遣先の定める休日に従うことになっている。土日はたいていの現場では営業日であり、多摩川河口自然公園もそうだった。

解説が終わるのを待ち、真由美に声をかける。

「竹内さん」

「ああ、速水さん！　井川くんから聞いてたよ。お休みの日にごめんなさいね」

「いえいえ」

燿人は、預かったICレコーダー一式をリュックから取り出して真由美に渡した。

「プライベートでももう一度来ようと思っていたところだったので、ちょうどよかったです」

「勉強熱心ねえ」

真由美は、良子と同じようなことを口にした。「プライベートといえば、さっき涼森さんも来てたよ」

広報課の涼森編集長のことだ。ロングヘアの下の、切れ長の瞳(ひとみ)が燿人の脳裏に浮かんだ。たしかに、魅力的ではある。大吾はすっかり参ってしまっているようだが、もしかしたら享平もそうなのかもしれないと燿人は思っていた。享平は時々、そんなそぶりを見せることがある。涼森が今日ここにいると知っていれば、彼はなんとしても自分が来ることにしたのではないか。

「職員の皆さんは、プライベートでもよく来られるんですか」櫂人は真由美に訊ねた。

「まあ、人によるかな。涼森さんは珍しいかも。まだ公園の中にいると思うけど」

「そうですか。ご挨拶できたらいいんですが」

「うん。そしたら、ゆっくり見ていって」

真由美の後ろには、今まで彼女が来館者へ解説していた展示があった。「まきびしつくってみた」というタイトルのパネルが貼られている。

観察会の際に、前畑が話していたものだ。

段ボール箱を利用した展示用の箱の中に、乾燥させたオニビシの実が何十個と入っている。実は黒く、たしかに地面にまいたら目立たずに踏んでしまいそうだ。

一つを手に取ってみた。大きさは長い部分で四、五センチほど。四つのトゲは、どう転がしても必ず一つは上を向くようになっている。軽く手のひらに載せただけでもチクチクと痛む。本気で踏めば大けがをしかねない。展示の解説文には、タイヤですらパンクさせられると書いてあった。

トゲをよく見れば、刺さった時に抜けづらくなるような、ギザギザの小さな「かえし」もついているのがわかった。

真由美が説明してくれた。

「けっこうな量が繁殖しちゃって、そのままにしとくと生態系のバランスが崩れちゃうんで、刈り取ってるの。胚乳(はいにゅう)にでんぷんを蓄えてるから昔は食用にしてたそうだけど、まああんまり好んで食べる人はいないしね……。たくさんあるし、よかったら持っていって」

「ありがとうございます。でも、使い道があるかなあ」

　燿人はそう笑った後、真由美に言った。

「ところで、竹内さんにちょっとうかがいたいことがありまして」

「どんなこと？」

「竹内さんは、以前は本部で勤務されていたと聞きました」

「ええ。何年か前の、一時期ね。私を総務に配属させるなんて、どうかしてると思わない？」真由美はからからと笑った。

「榊さんと一緒に、法人会員の担当をされていたとか」

「ええ」

「瑞光物産が入会したのも、その頃ですよね」

「そうね。そういえば、瑞光物産のイベントがあるっていう話だったよね。浅羽さんの依頼には応(こた)えられなくて申し訳なかったけど……彼女、大丈夫そう？」

「はい。なんとかなりそうです」

「それならよかった。で、瑞光物産がどうかしたの」

「入会が決まった後、何か問題が見つかったという話を聞きました」

ライターの栗原が言っていたことだ。当時、真由美が腹を立てていたという話だった。

「今後瑞光物産とやりとりするにあたって、念のため確認しておければいいかなと」

「ああ、なるほど……。浅羽さんから、私に聞いてくるように言われたとか？」

「いえ。問題があったという話を他のところで耳にしたので、確認しておこうと思っただけです。浅羽さんに心配はかけたくないですし、このことは話していません。それもあって、プライベートでうかがった次第です」

「浅羽さん、いい人に入ってきてもらったなあ」

真由美はうらやましげな顔をして、「宗像さんいなくなった後は忙しそうで心配してたけど、これで安心ね」と言った。

例の、退職した宗像氏のことか。

この際、それも訊いてみようと櫂人は思った。

「その方は、病気で退職されたんですよね」

「うん。しかし突然だったからびっくりしたなあ」

「そんなに急だったんですか」

普及課の皆からは、あまり詳しくは聞いていなかった。というより、誰も話をしたがらないというべきか。

「もともと休みがちではあったんだけど、ある時また急病で休みってことになって、そのまま退職しちゃった。噂では、メンタルやられちゃったって話だったな」

メンタル面でのトラブルが事実とすれば、仕事の忙しさなどが原因だったのだろうか。だから皆、そんな話を新しいメンバーに伝えるのを憚(はばか)っていたということか。

これだけでは、なんともいえなかった。

「そうだったんですか……。それで、瑞光物産の件に戻りますが」

「ああ、その話だったね。じつは私も、こないだ瑞光物産の講師を引き受けたって聞いて、教えたほうがいいかどうか迷ってたの。でも浅羽さんわりとテンパってるみたいだったから、余計かなと思って……。彼女に伝えるかどうかは、状況を見て判断してね」

真由美は、櫂人に一定の信頼を置いてくれたようだ。

「瑞光物産が入会してすぐくらいに、ネットの噂を見つけたの。炎上ってほどじゃなかったから、あまり注目されなかったんだけど、元社員っていうアカウントが会社の告発をしてたのよ。あの会社は、カンパニー制っていうの？　部門ごとに独立採算になってるそうだけど、その告発によれば、どこだかのカンパニーが不正会計をしてるってことだったの」

「それで入会取り消しにはならなかったんですか」

「これまずいんじゃないですか、って榊さんに相談したんだけど、信憑性(しんぴょうせい)に欠けるって話になって。たしかに、単なる誹謗(ひぼう)中傷と何が違うと言われても否定できないしね。それに結局、そのアカウントも明確な証拠を出さないまま削除されちゃったし。炎上といっても、不完全燃焼で終わっちゃった感じね。まあ、私も文句は言ったものの、この件では榊さんの判断は間違ってなかったかもしれない」

「そうですか。ところで瑞光物産は、法人会員の入会基準が厳しかった頃に一度入会をお断りしていたんですよね。当時、自然保護上の問題を起こしていたとかで。それが五年くらい前に再度申し込みがあって、その頃にはちょうど条件が緩和されていたから、ＯＫになったとか」

「ええ」

「なぜまた申し込みをしてきたかの背景は、ご存じでしょうか」

「ああ……。その話ね。じつは、法人会員を集めて開催したセミナーの時にそれとなく訊いてみたの。ほら、前畑さんと奥さんが知り合ったっていう、例のセミナーね」

栗原が、前畑に京野を紹介したという時のことだ。櫂人は頷いた。

「先方の石津部長……ちょっと苦手な人だったんだけど……あ、噂は聞いてる？　そうなの、こう言っちゃなんだけど、感じ悪いの……まあいいや、とにかくその石津部長に、嫌だったけど入会申し込みの経緯を訊いたわけ。そしたら、入会はＣＳＲ推進部の意向じゃなくて、氷室専務が瑞光物産の役員に働きかけてたんだって」

「氷室専務が？」

「そう。なんでまた、そんな問題を起こした会社に働きかけたのかはわからないんだよね。専務に訊く機会もなかったし」

「そうですか……」

ネイチャーセンターの扉が開き、先ほどとは別の入園客が入ってきた。真由美に何か質問したそうな様子だ。耀人は、ありがとうございましたと話を切り上げた。

「じゃあ、また来てね」

耀人に片手を上げ、真由美は入園客のほうへと歩いていった。

ネイチャーセンターを出る間際、先ほどのオニビシが目についた。

耀人は眩い陽射しの降り注ぐ園内を歩きながら、涼森の姿を探したが見つからなかった。もう帰ってしまったのだろうか。

それはともかく、瑞光物産にはどうにも疑わしい部分がある。

先ほど真由美に聞いたネットの噂では、瑞光物産のどこかのカンパニーが不正をはたらいているという。

それだけなら信憑性に欠ける噂と片づけてしまったかもしれない。だが、耀人自身も以前にＳＮＳで、会社が不正をしているという主旨の書き込みを見つけたことがあった。

先日の下見で会った、瑞光物産の宮原が所属しているカンパニーは、住宅カンパニーだった。ＣＳＲ推進部の村重部長も、以前は住宅カンパニーにいたと宮原から聞いた。

そして宮原は、住宅カンパニーから労働組合の役員を多く出しているとも言っていた。

村重もかつて労組役員だったらしい。

瑞光物産の住宅カンパニーと、同社の労働組合は深く関係している。そしてその労働組合は例年、ＣＳＲ推進部と社有林でのイベントを共催していた。過去に学生運動で事件があった暗いイメージを払拭するのが目的だというが、それは表向きだとしたら……。

住宅カンパニーが、不正会計の証拠を隠すために社有林を使っているとは考えられないだろうか。

櫂人は、腕のダイバーズウォッチを見た。

まだ昼前だ。

——行ってみるか。

櫂人はインプレッサを西へと走らせた。

午後の早い時間には、下見の際に待ち合わせをした駅に着くことができた。瑞光物産の社有林に直行しなかったのは、駅の近くで何か食べるなり買うなりしていこうと思ったためだ。

駅前広場にいったん車を駐めたところで、店で食事するのはやめようと考えなおした。

先日の二人組のことを思い出したのだ。

コンビニで何か買っていくとしよう。

車から降り、駅前に一軒だけあるコンビニのほうへ向かった。隣の民芸品店の店頭にはワゴンが出されており、土産物が並んでいる。

その中に、以前食堂で見かけたオカシラ様の仮面もあった。

なるほど、こういうところでも売っているのか。

櫂人はそれを手に取って少し眺めた後、ワゴンに戻した。

店内を覗き見ると、商品棚の上の壁に、ところどころ額装された山の写真がかかっている。付近の山で店主が撮ったもののようだ。奥のレジカウンターに座る、初老の男性が店主だろうか。

隣のコンビニに入り、棚に並ぶおにぎりやパンを選んでいるうちに、櫂人はあることを思いついた。

コンビニを出ると民芸品店の前に戻り、店頭のワゴンから仮面を手にしてレジへ向かった。会計しながら、このあたりの山に登られるんですか、と櫂人は店主に話しかけた。

駅前から社有林の近くまで、車で二十分ほど。

下見の際に使った駐車場を使えたら便利ではあるのだが、見られると面倒だ。川沿いの道から対岸の駐車場へ曲がる橋は通り過ぎ、少し先まで走る。

しばらくすると、道の脇に数台ほどが駐められるスペースがあった。

駐車スペースには一台だけ、地元の住民のものらしい軽ワゴン車が駐まっていた。こちら岸の山は瑞光物産の土地ではないので、そこへ山菜採りにでも来ているのかもしれない。

インプレッサから降りた櫂人は車体にもたれ、景色を見ながらコンビニで買ったパンを囓った。

これも買ってきた牛乳を飲みつつ、川向こうの山へ視線を向ける。視界に入る限り、瑞光物産の社有林だ。

奥まったところに見える山頂から、いくつかの尾根が延びている。こちらのほうへと下ってくる尾根の、小さなピークの周辺だけは、植生が異なるのがわかった。他が針葉樹林であるのに対し、バラエティに富んだ雑木林になっている。観察会で見て回る予定のエリアだ。

隣の尾根は、川に向かって急激に低くなり、下のほうでは谷戸を形づくっていた。山の縁が雨水や湧水に浸食されてつくられた、谷状の地形である。

その一帯が、まさに売却対象と噂されているエリアらしい。

それを、櫂人は先ほど民芸品店の店主から聞き出してきたのだ。

民芸品店の店主は、櫂人が予想したとおり、このあたりの山で写真を撮ることを趣味としていた。櫂人が、自分も山と写真が好きで社有林の近くで撮影しようと思っているのだと水を向けたところ、地元の愛好家の間で噂になっている話を教えてくれたのである。

腹ごしらえを終えた櫂人は、目の前の道路脇を歩きはじめた。目指したのは、下見の際に訪れた駐車場だ。そこからもう一度下見のコースを回り、必要なら他の道にも入ってみるつもりだった。

十分ほどで、駐車場への短い橋が見えてきた。

橋には瑞光林業管理地という小さな看板が掛けられていたが、通行止めの柵があるわけではなく、監視員などもいなかった。

渡った先の駐車場や管理小屋にも、人の気配はない。櫂人は堂々と社有林に足を踏み入れた。

先日と同じルートをあらためて注意しながら歩いたが、特におかしな部分は見当たらなかった。

やがて、管理用の小道との分岐にさしかかった。陽の当たらない北側斜面だからか、地面にはぬかるんだ部分がある。下見の翌日に降った雨によるものが、まだ乾いていないようだ。

管理用の小道の奥は、よく見通せなかった。

――こっちの道を調べてみるか。

分け入った小道はその先で急に細くなり、けもの道のようになった。時には、両側から伸びた草をかき分けて進まなければいけないほどだ。

細い道を歩きつつ、櫂人は考えた。

京野が村重を嫌う態度は、苦手な上司相手だとしても、やや過剰と思えるほどだった。

栗原や前畑の話によれば、京野はかなり正義感の強い人物らしい。もしかしたら、京野は自分と同じように不正の可能性に気づいており、村重のことを疑っているのかもしれない……。

道は何度かアップダウンを繰り返し、低い尾根をいくつか越えた。

三十分ほど歩いたところでスマホの地図アプリを確認すると、既に売却予定のエリアに入っていた。

もう一つ尾根を越える。道は、先ほど車を駐めた位置から見た谷戸へジグザグに下っていく形になった。

道から、樹々を通して谷底の様子が見えてくる。

谷戸の底は、比較的平らな地形だ。大昔、雨水や湧水が浸食した後、土砂が積もってできたのだろう。

道が底に着く部分は、谷戸が一番狭まった箇所のようだ。幅は一〇メートルもない。谷底の真ん中を、未舗装だが車が通れるくらいの広めの道が通っている。

その道を三〇メートルほど行った先、谷戸が幅を広げたあたりに小さなプレハブがあり、向こうには社有地の境界を流れる川が見えた。

川には、こちら岸へ来た時に渡ったのとは別の橋が架かっていた。やはり、短い橋だ。

反対側の谷の奥へ目を向けると、山にぶつかるあたりで少し広がり、丸い窪地のような地形をつくっている。

窪地には、黄色い物体があった。パワーショベルだ。

周囲をうかがったが、人のいる気配はない。

注意しながら谷底に降り立った。やはり誰もいない。

陽の射さない、薄暗い谷間に立ち、一九七一年にこの丹沢社有林で起きた事件について調べたことを思い出した。

過激派の学生にアジトとして提供していたのは、どのあたりだったのだろう。ひと気のないひっそりとした雰囲気は、この谷間がまさにアジトだったのではと思わせた。

学生運動はその後さらに先鋭化し、ついには群馬県の山中における同志へのリンチ殺人、そして有名なあさま山荘事件へと発展していく。ここで殺人がおこなわれたという記録は残っていないが、周囲には奇妙な不気味さが漂っていた。

——まさか、死体でもあるわけじゃないだろうな。

まず、川の近くにあるプレハブのほうへ歩いていく。さすがに学生運動の当時から建っているものではないだろうが、一応調べておこう。

プレハブには鍵が掛かっていたものの、小さな窓から中がうかがえた。駐車場のところにある小屋ほどの規模ではないが、ここも出先の事務所として使っているようだ。ロッカーや机が見えた。机の上には、電話機が載っている。

次に、谷の奥へと向かった。

パワーショベルは、川に架かった橋を通ってきたものだろう。車体の側面に黒砂建設の社名が書かれていた。

そのパワーショベルで掘ったらしい、縦横三メートル、深さ一メートルほどの穴も見つかった。売却に備えて、何かの工事準備でも始めているのか。

穴の底を覗き込む。

そこにあるのは死体——ではなかった。

小さな白いものがいくつも散らばっている。

櫂人は穴の中に飛び降り、その白いものを拾い上げた。ハマグリの貝殻のようだ。

なぜここにハマグリがあるのだろう?

*

「瑞光物産の件、いろいろと動き回っているようです」

『何か見つけた様子はありますか』
「いえ、まだそこまでは」
『わかりました。引き続きよく注意するよう、お願いします』
「はい」

屋外を歩きながらの通話を終えた人物は、電話を切った後も歩き続けた。少し、喉が渇いていた。近くに自動販売機があったはずだ。

速水櫂人の、どことなく気弱そうにも見える風貌を思い出す。あれでいて、電話の相手によれば意外な経歴の持ち主らしい。実際、細かな仕草にその片鱗が現れているのは何度か見かけていた。

歩いていった先に自動販売機があったが、売り切れの商品ばかりでコーヒーしか残っていなかった。缶コーヒーは、あまり好みではない。その人物はひとり苦笑いを浮かべた。

もうじき日が暮れる。

オレンジ色に染まった西空の下に、丹沢の山のシルエットを探して目を凝らしたが、この場所からはよく見えなかった。

第四章

　ゴールデンウイークもあっという間に後半になり、瑞光物産のイベント当日を迎えた。前日まで三日続けて雨が降り、天気が心配されたが、この日は朝からよく晴れた。緑の森から見上げると、眩しい五月の青空が木の間に覗いている。

　社員とその家族からなる参加者あわせて五十名ほどは、貸し切りバスを仕立てて丹沢の社有林にやってきた。

　彼らが周辺のゴミ拾いボランティア活動をおこなっている間に、講師の前畑と、助手を務める櫂人と澪、そして瑞光物産ＣＳＲ推進部のスタッフは麓の管理小屋で自然観察会の準備を進めた。

　月読記念財団からは、広報課の涼森と大吾も急遽参加している。会報誌の編集長を兼ねている涼森が、取材して記事を掲載したいというのだ。大吾はまだ記事を書けるレベルには達していないが、涼森の手伝いということで当然のようについてきた。

　瑞光物産のＣＳＲ推進部からは、村重部長と京野の他にも数名がスタッフとして加わっていた。彼らには、山中を移動する際に参加者の安全管理を担ってもらう予定である。

下見に参加したメンバーでは、瑞光林業の多賀井や黒砂建設の社長の姿は見かけたものの、住宅カンパニーの宮原はいないようだ。下見の時は、イベント当日も来るようなことを言っていたのだが。何か仕事でも入ったのだろうか。燿人は京野に確認してみようと思ったが、しばらく姿が見えず、聞きそびれてしまった。

そうしているうちに、ゴミ拾い活動が終わった。

観察会開始の九時半を前に、京野が管理小屋から出てくるのが見えた。小屋の中で何か作業をしていたらしい。

そのとき燿人は、希望者にICレコーダーを渡し、貸出簿に名前を記録しているところだった。希望する者は意外に多く、十台持ってきたうちの一台しか手元には残っていない。

参加者の前に進み出て挨拶(あいさつ)した前畑が、山中を二時間ほどかけて回り、昼前に麓に戻って解散というスケジュールを説明した。ズボンの裾(すそ)を靴下に入れたり、防除スプレーを靴に吹きかけたりといったヤマビル対策も入念におこなう。

では楽しんでいきましょう、ついてきてください、と元気よく宣言した前畑に続き、皆がぞろぞろと登山道へ分け入っていく。

参加者は、前畑の案内するグループと、澪の案内するグループの二つに分かれた。

山中の細い道を五十名が列になって歩くような場合、列の後ろでは講師の話はほとんど聞こえない。参加者を二つに分けざるを得ないことは、下見の段階で話し合っていた。先を行くのは前畑のグループだ。何か見つける度に前畑は足を止め、解説を加えていく。澪は前畑の動きを常に確認しながら後を追い、同じところで立ち止まって説明する形である。話す内容は下見の際に前畑から教わっていたが、やはり多少頼りない点があるのは否めない。

とはいえきちんと解説を聞きたい人は前畑についていったし、それほど解説を重視せずのんびり行きたい人は澪のグループに入ったので、参加者たちから特に不満の声は聞こえてこなかった。

櫂人は、澪のグループの最後尾近くを歩いている。京野茜も、同じグループだ。涼森編集長と大吾は、両方のグループを行き来して話を聞いたり、写真を撮ったりしていた。

先行する前畑のグループがあるところでしばらく留まっており、そこまで行くと澪も歩みを止めた。近くに集まってきた参加者たちに説明を始める。

「この声、聞こえますか」

皆は耳を澄ませた。チャッ、チャッ、という小さな声がする。

「ウグイスの声です」

澪が言うと、皆からは「ええー?」という反応があった。

「たしかに、ウグイスといえばホーホケキョだと思いますよね。でもそれは、『さえずり』と呼ばれるものです。鳥の鳴き声をすべてさえずりというわけじゃないんですよ。さえずりといわれる綺麗な声は、オスが繁殖期に出す求愛や縄張り宣言の声なんです」

「へえ」と感心する参加者に、澪は続けた。

「他のオスより上手に歌って、メスを引きつけようとしているんですね。鳥の世界も大変です」

皆が笑う。

「それ以外の声は『地鳴き』と呼ばれ、さっき聞こえたのがまさにそれです」

澪の解説は、だいぶ調子が出てきたようだ。

姿は見られないんですかという参加者からの質問に、「ウグイスは警戒心が強く、藪の中にいるのでなかなか難しいんです」と明快に答えている。

その時、ホーホケキョ、と澄んだ声が樹々の間に響いた。

参加者たちから歓声が上がる。

嬉しくなったらしい澪は立て続けに、下見の際に前畑が言っていたウグイスの色の話も披露した。

「誤解されがちですけど、一般的に鶯色と呼ばれることの多い、やわらかな黄緑色はメジロの色なんですよ……」

澪が説明している間に、チヨチヨビー、という別の声が藪とは違う方向から聞こえてきた。

「今の声、なんですか」

参加者の一人に質問されると、澪は説明の途中だった口を開けたまま固まってしまった。判断できなかったようだ。

「あ、えーと……。すみません、お話ししていたので聞きそびれてしまいました」

ごまかしている。その声に関しては、予習してこなかったらしい。先日の下見の時にはいなかったからか。後から櫂人が一人で来た際には、聞こえたのだが。

講師としては知っておいたほうがよい基本的な鳥である。澪も普段ならわかったのかもしれないが、緊張しているせいもあるのだろう。

櫂人はそれとなく澪に近づいた。再び、チヨチヨビーという声が聞こえてくる。

「センダイムシクイ」

櫂人は、参加者と反対のほうを向いて小声で呟いた。

澪がすかさず、さも自ら識別したかのように「ああ、センダイムシクイですね」と参加者に伝える。

続けて思い出したかのように、「センダイムシクイは、冬の間は暖かい東南アジアにいて、春から夏にかけて繁殖のため日本にやってくる渡り鳥なんです」と一息に説明した。

参加者たちはそれで納得したらしい。センダイムシクイもいつしか飛び去ったのか、声は聞こえなくなっていた。

澪は、先へ進みましょうと皆を促した。前畑についていったグループとの距離は、だいぶ開いてしまっている。

また列の後ろに戻ろうとした櫂人に、澪がそっと話しかけてきた。

「さっきはありがとうございました」

いえいえ、と笑った櫂人は、思い出したことを澪に教えた。下見の際、入らないように注意された分かれ道の件だ。

澪も認識はしているはずだが、念のために言っておこう。

「ちょっと先に行くと分岐があって、そこは左です。前畑さんたちが見えなくなっているので、こちらのグループを先導する浅羽さんが注意してください。ああ、それと……」

もう一つ思い出した。

「そのあたりは昨日までの雨で道がぬかるんでいると思いますので、皆さんには足下に気をつけるよう伝えたほうがいいかもしれません」

頷(うなず)きかけた澪が不思議そうな顔になり、櫂人は余計なことをしたかと軽く悔やんだ。分かれ道はともかく、ぬかるみは下見の際にはなかったはずだ。櫂人が見たぬかるみは、下見の翌日に降った雨によるものだったのだから。

「ああ……下見の時、分かれ道の部分は特に土がやわらかかった覚えがあるものですから。早く行きましょう。前畑さんたちに追いつかないと」

「そうですね」

澪は、今は細かいことまで気にしていられないようだ。先頭に立って歩き出した。

その後二十分ほど山中を進み、澪と櫂人のグループは、前畑グループとつかず離れずの位置まで近づいた。

立ち止まった前畑が、解説している。彼が指し示すほうには、群生したスミレの花が一斉に開いていた。下見で確認済みの場所だ。

澪も覚えていたようで、花の咲く場所までは少し離れてはいるものの、参加者たちに説明しはじめた。

「あれはタチツボスミレといって、日本ではよく見られるものです。ただ、街なかで見かけるスミレとは種が異なります。スミレは濃い紫色なのに対して、タチツボスミレは薄紫で――」

澪は、先ほどのセンダイムシクイで一瞬失いかけた自信を取り戻したらしい。彼女が堂々と解説する様子を、涼森と大吾が写真に撮っていた。

そのとき櫂人は、参加者の輪から京野がそっと抜け出していくのを視界の隅でとらえた。京野は、登山道を来た方向へと戻っていく。声をかける暇もなかった。

他に、京野が抜けたことに気づいた人はいないようだ。

澪の説明が終わり、また皆が歩き出す。そのタイミングで、櫂人は澪に話しかけた。

「京野さん、来た道を戻っていかれましたよ」

「え？　何かあったんですかね」

澪は首を傾げたが、櫂人が「まあ、何かあれば教えてくれるとは思いますが……」と言うと、すぐに「そうですね」と頷いて先へ急いだ。

また前畑のグループとの距離が空きつつあるので、澪はやや焦っているようだ。

櫂人は澪にひと言断って歩くスピードを上げ、先行する前畑たちのほうへ向かった。少しの間なら、自分がいなくなっても大丈夫だろう。

前畑のグループはまた立ち止まっていたため、すぐに追いついた。

前畑の説明を聞く人たちの顔を確かめる。

瑞光物産の村重部長と、瑞光林業の多賀井の姿が見当たらなかった。澪が先導するグループにはいないのだから、ここにいるはずなのだが。

櫂人は、踵を返した。

澪は、速いペースで皆を引き連れてきていた。前畑に追いつかなければと不安らしい。

それに合流した櫂人は、澪を安心させるように「もうすぐそこです」と伝え、ひと言つけ加えた。

「すみません、ちょっと忘れ物をしてしまって。麓の管理小屋まで取りに行ってきます」

「今からですか？」

澪は驚いた顔で「何を忘れたんですか」と訊いてきたが、櫂人はもう道を戻りはじめていた。

申し訳ないが、質問には聞こえないふりをする。

涼森編集長が視線を送ってきた。櫂人の行動に気づいたようだ。忘れ物だということは、澪が話してくれるだろう。

櫂人の心の中では、疑惑がふくらんでいた。

京野や村重たちはどこへ行ったのか。

ただ、ある程度の推測はできている。

少なくとも、このまま麓の小屋に戻っても彼女たちはいないだろう。

先ほど澪に注意した分岐点までたどり着いた。

入らないように言われていた、管理用の小道。その先は、一人で来た際に確認させてもらっていた。

周囲を見回し、誰もいないことを確かめた櫂人は小道へと足を踏み入れた。

先日も歩いた森の中の細い道を、ところどころ藪漕ぎしながら進んでいく。

陽当たりの悪い北側斜面なのでぬかるんだ道が続き、靴に泥がこびりついて重くなった。

ヤマビルも這い上がってきている。

両足をこすり合わせて、ヒルと泥を落とす。

足下のぬかるみには、他の靴の跡がついていた。この前に来た時は、そんなものはなかった。

靴跡は何種類か確認できた。複数の人間が、つい先ほどここを通ったのだ。

推測は、確信に変わった。

少し先、もう一つ尾根を越えた向こう。売却予定とされる谷戸の底に、きっと——。

櫂人は、道にはみ出した枝を折って音を立てぬよう、慎重に歩を進めた。

道は、谷戸の一番狭い部分へつづら折りで下っていく。谷が開けた側には社有地の境の川が流れており、短い橋が架かっている。その反対、山に突き当たる側は円形の窪地だ。

足音を忍ばせ、谷底へ下りていくにつれ、窪地に駐車する黄色いパワーショベルが樹間に見え隠れしはじめた。掘られた浅い穴も見える。先日、ひそかに確認した時のままだ。

やがて、人の声が聞こえてきた。

——やはり。

男性と女性が話し合っている。

いや、話し合いというにはいささかとげとげしい。ほとんど言い争いのようだ。

かなり大きな声だが、先ほどまでは聞こえなかった。尾根でさえぎられていたのだろう。

斜面を半ばまで下りたあたり、道から少し外れたところに、木陰から谷底を見通せる場所があった。

双眼鏡で覗き込む。

谷底に立つ、三人の男女が視界に入ってきた。

見覚えのある顔だ。京野、村重部長、そして瑞光林業の多賀井だった。

京野は、村重部長を何やら糾弾している様子である。その顔は怒りに満ちていた。

村重部長のほうも、言い返しているようだ。それは違う、という台詞が微かに聞こえた。

二人の間に立った多賀井は、京野から何か言われる都度頷いている。どちらかといえば京野の側についているようにも見えた。

「……村重さん、もう認めたらどうですか」

「いや、だから……」

「……多賀井さんだって……」

断片的にしか聞き取れないが、京野がひそかに二人を呼び出し、多賀井の証言のもとで村重部長を追及している——そんな印象だ。

櫂人は背負っていたリュックを下ろし、カーキ色の折りたたみ傘を取り出した。

その傘を、そっと開く。ごく普通の折りたたみ傘ではあるが、目立たぬ色のものを選んでいたのが役に立ちそうだ。

傘を横にして地面に置き、内側の面を谷底へ向けた。自らも、傘の内側に頭を入れる格好でしゃがみこむ。傘の柄を持って方向を微調整すると、あるところで話し声がよく聞こえてきた。

傘がパラボラの代わりになり、集音効果が生まれたのだ。

さらに櫂人は、貸し出さずに一つだけ残っていたＩＣレコーダーを取り出した。リュックを横にし、モールシステムの帯を使って、できるだけ音を拾える場所にＩＣレコーダーを固定する。

録音スイッチを入れた。

京野の声。

「村重さん。では言いますが、監査室が住宅カンパニーの内部調査を進めているのはご存じですよね。長年にわたり、カンパニー内で不正な会計処理をおこなっていた疑惑があるということです」

「それを、なぜ君が知っているんだ」

「ＣＳＲのある、本社管理部門で最近噂ですよ。その不正に、住宅カンパニーの宮原さんも関わっていたとか。既に会社から自宅待機が命じられています。だから今日は不参加になったんです」

「……残念ながら、そのようだね。しかし、それが何か？」

村重の声は、少し震えているようにも聞こえた。

「村重さんは、住宅カンパニーの出身でいらっしゃいますね。前は労働組合の役員もされていた。住宅カンパニーは、労組の役員を多く出しているなど労組とのつながりが深いですよね」

「ああ。昔、住宅事業部の社員が中心になって労組を設立した経緯があって、未だにその風潮が残っているかららしいが」

「この社有林でのイベントは長年、ＣＳＲ推進部と労組で共催してきたものです。最初は、労組からの申し出で始まったと聞いています。観察会は今年初めての試みですが、例年おこなってきたゴミ拾いでは、参加者は堂々と林の奥まで入ることができたはずです」

「何が言いたいんだ？」

「監査室は不正の決定的な物証となるものをまだ見つけられずにいるそうですが、当然です。社内には存在しないんですから。それは、この山のどこかにあるんですよね」

　京野が、村重を問い詰める。

　不正な会計処理をしていたとして、表向きに取り繕った帳簿さえあれば、実際の処理を記した帳簿、いわゆる裏帳簿は証拠隠滅のため処分してよいというものではない。そもそも表の帳簿は、真の記録である裏帳簿に虚偽を加えて作成されるものであり、裏帳簿を処分してしまうと、実際に売り掛けがいくらあるか、資金繰りの状況はどうか、といった現実の経営状態がわからなくなってしまう。それゆえに多くの場合、不正をはたらく者は、見つかったらまずいものであると知りつつ裏帳簿を処分せずに保管しているのだ。

その裏帳簿を、住宅カンパニーは影響力のある労組のイベントにかこつけて社有林に隠したのだろう、それを仕切っていたのがあなたではないのかと京野は指摘した。

燿人と同じように京野も、住宅カンパニーと労組のつながりから推測したらしい。

京野の追及を聞きながら、燿人は思った。

たしかに、自分もそう疑っていたが……。

「だから私は知らないと言ってるだろう！」村重が答えた。

口調には、どこか焦っている気配も感じられる。のらりくらりと躱すつもりならば、その試みは失敗しているといってよい。

瑞光林業の多賀井は、村重に厳しい視線を送っている。

京野は時おり多賀井とも言葉を交わしていたが、二人のやりとりからは、村重の企みに気づいた多賀井がそれを京野に伝えたようにも見て取れた。

そうしているうちに、多賀井はポケットからスマホを取り出し、すばやく操作しはじめた。どこかに通報でもしているのだろうか。

京野は、谷の出口にあるプレハブを指差した。

「あのプレハブ、確認してみてもいいですか」

そこに裏帳簿が隠してあると、京野は見込んでいるようだ。それで村重をこの場に呼び出したのだろう。証拠を見つけて、突きつけようというわけだ。

「駐車場のところの管理小屋は、先に見させてもらいました。そちらには何もないことを確認済みです」

そう言いながら、多賀井と村重を引き連れてプレハブへと歩いていく。京野に頼まれて多賀井が鍵を開け、三人は中に入った。

数分ほどで、三人が出てくる。以前に櫂人が窓から覗き見た限りでは、プレハブの中にあったのは机とロッカーくらいだった。調べるべき場所など、あまりないはずだ。

京野は首をひねっていたが、今度は谷の奥の窪地へと視線を向けた。パワーショベルの近くにある、深さ一メートルほどの穴を指差す。

「あの穴だったら……」

京野は多賀井の顔を見て、同意を求めるように言った。「裏帳簿は紙だと思い込んでいましたが、データの形ということもあり得ます。それだったら、媒体をああいうところに埋めても問題ないはずですよね」

「え、ええ……」多賀井が答える。

櫂人は思った。

残念ながら、そこに京野が考えているようなものは存在しない。

それを既に櫂人は確認していたが、その代わりに見つけたものがどう関係してくるのかはまだ見極められずにいた。

村重が、京野に言っている。

「どこを調べても、私はかまわないが……？」

本当に何も知らないというような村重の発言に、京野は戸惑っているようにも見える。

村重の態度は、演技にしては真に迫ったものだった。

それでも京野は毅然とした様子で、穴へ向かった。村重と多賀井も後をついていく。

その時、櫂人のポケットに入れていたスマートフォンが振動した。取り出して画面を見ると、澪からの電話だ。出ないのも、かえって怪しまれる。櫂人は、傘とＩＣレコーダーから離れて通話ボタンをタップした。

「はい」ささやくような声で答える。

「速水さん、どうしたんですか。忘れ物、見つからないんですか」

「あ……いえ。ついでに、その……トイレに。ちょっとお腹の調子が。申し訳ないです」

大丈夫ですか、と訊いてきた澪の声からは、困ったなあ、というニュアンスも感じられた。

澪は続けて言った。

「まあ、しようがないですね。ところでその後、京野さんだけじゃなくて村重さんと多賀井さんもいなくなってしまったんですけど、そっちで見かけませんでしたか」

「そうなんですか。どうしたんでしょうね」櫂人は驚いてみせた。

「あと、黒砂社長も見当たらないんです」

「黒砂社長もですか？」

そちらは把握していなかった。先ほど、京野たちを追ってきた時には、まだ観察会の一行の中に黒砂の姿はあったはずだ。自分がこちらに来た後で、離脱したのだろうか。

ということは——。

「万一、事故か何かだったら大変です。わたしもそっちへ行って探しましょうか」

澪は少し焦っているようだ。

「いや、浅羽さんが抜けたら解説する人が前畑さんだけになってしまいます。大丈夫だと思いますよ」

「大丈夫って……」

澪が困ったような声を出した時、突然、櫂人の背後で物音がした。谷戸への道を、誰かが下りてくる。

「すみません、ちょっとまたお腹が」

櫂人は電話を切った。

「ええっ……」と、やや呆れ気味な澪の声が最後に聞こえた。

もう少しましな言い訳があったかもしれないが、やむを得ない。

急いで傘を畳み、木陰に身を隠す。

やがて早足で道をやってきたのは、黒砂社長だった。

黒砂は谷底まで下りていくのかと思いきや、櫂人の潜む位置よりも少し下で立ち止まった。谷底の様子をうかがう様子を見せている。櫂人の存在には気づいていないようだ。

しばらくして、京野が穴から這い上がってくるのが見えた。

「どうだい。やはりそんなものはなかっただろう」

村重の声。集音のための傘は畳んでしまったが、威勢を取り戻したかのような大声はよく聞こえた。

「まあ、京野さんの会社を思う気持ちはわかった。それに免じて、今回は不問としよう」

村重は、妙にものわかりのよいことを言っている。

みんなのところへ戻ろう、と京野に声をかけ、村重は余裕のある態度で歩き出した。

このまま道を上ってくれれば、櫂人のいる場所の横を通り過ぎる。先ほど黒砂もやり過ごしたので見つけられることはないだろうが、櫂人は少し身体（からだ）の位置をずらし、太い幹の陰に回った。

その黒砂は、下のほうでやはり木陰に隠れようとしている。

谷戸の底では、去っていく村重の背を、京野が悔しげな表情で見送っていた。多賀井は京野に何やら話しかけているようだ。仕方がありませんね、とでも言っているように見えた。

だが京野は、ポケットから何かを取り出すと多賀井に見せた。先ほど自分が降りていた穴を指差し、あそこにたくさん落ちていたというような身振りで説明している。

京野はその後もしばらく首をひねっていたが、とりあえずは村重を追って皆のところへ戻ることにしたらしい。少し肩を落とした様子を見せながらも歩き出した。

村重は、既にこちらに通じる小道の登り口にさしかかっている。

櫂人は彼らに見つからずにやり過ごせるよう、念のため周囲を確認した。

その時、きゃっ、という短い悲鳴が聞こえた。

再び谷を見下ろすと、京野が倒れているのが見えた。傍に、多賀井が立っている。多賀井の手には、何か黒いものが握られていた。

——スタンガンか？

音に気づいて振り返った村重が、それを見て固まっていた。状況を把握できず、混乱している様子だ。

すると櫂人よりも谷底の近くにいた黒砂が、木陰から飛び出すやいなや小道を駆け下りていった。

村重が、何ごとかと山のほうへ視線を向ける。がら空きになったその背中目がけて走った多賀井が、スタンガンを押し当てた。

ぐっ、というくぐもった声。

村重も、京野と同じように崩れ落ちた。

意識を失ったらしい二人を、多賀井と黒砂はそれぞれハンカチやタオルを使って縛り上げていた。両手両足のみならず、目や口まで縛る念の入れようだ。

作業しながら、多賀井と黒砂は何か話している。

櫂人は再び傘を開き、二人の会話に耳をそばだてた。ＩＣレコーダーもスイッチを入れなおす。

「女までやっちまってよかったのか。村重だけって話だったろう」黒砂が多賀井に言っている。

「あれを見られたんだ、しようがなかった」

「どうする。予定どおりでいいのか」

「ああ。あんたのところで飼ってる連中に、口封じを頼む。一人が二人に増えても、大して変わらないだろう。むしろ女がいる分、喜ぶんじゃないか」

彼らの会話で、事情はわかってきた。

瑞光物産が社有林の一部を売却する方針であることは、関連会社である瑞光林業も早い段階で知らされていた。売却エリアや売却先の検討を任された瑞光林業の多賀井は、かねて懇意だった地元の黒砂建設に情報を流し、出来レースを仕組んでいたのだ。それにより多額のリベートを得ていたのはもちろんである。

だが、邪魔な存在が現れた。

村重だ。

村重は、住宅カンパニーで長年にわたり続いていた不正の、中心人物の一人だった。不正の証拠となる裏帳簿データを、村重は異動先のＣＳＲ推進部部長という立場を利用し、この丹沢社有林に隠そうと考えていたのだ。

京野の推理は、半ば当たっていた。村重は、まったくのシロではなかったのである。

ただし、帳簿のデータはこれから移し替えられるところだった。

社有林のことを調べている村重の行動に、多賀井は気づいた。多賀井自身も本社から瑞光林業へ出向させられる前は住宅カンパニーにおり、代々続いてきた不正に関しては多少知る立場にあった。ゆえに、今でもやりとりがある当時の同僚を通して、村重の動きを察知できたのだ。

多賀井は黒砂との計画を知られぬよう、村重の動きに先んじて彼を嵌めることにした。

もともと、多賀井にとって村重は気に入らない存在だった。

かつて出世コースにあった多賀井は、後輩の村重との社内抗争に敗れたため出世街道を外れ、追い落とされるように出向させられたのである。恨み重なる村重を、この機会に陥れようとしたわけだ。

そこで多賀井は、住宅カンパニーの不正を監査室にリークした。さらには京野に村重を告発させようと、彼女に情報を流したのだ。自らが直接関わらずに済ませるためだった。

「こいつ、俺の後輩だったんだ。それが本社の部長だからって偉そうに指図しやがって」

村重を縛る多賀井の恨めしそうな声に、黒砂が答えている。

「でかい会社は大変だ。しかし、あっちもこっちも不正なんて、ろくな会社じゃないな」

「あんたに言われたくないね」

それから二人を穴に放り込むと、黒砂は自分のスマホでどこかに電話をかけはじめた。

俺だ、ちょっと頼みたいことがある、と電話の相手へ状況と場所を告げた黒砂は、最後に言った。

「殺さない程度に痛めつけたら、裸に剝いて写真を撮っておけ。女は好きにしていいぞ」

そうして京野と村重を穴の底に転がしたまま、多賀井と黒砂は小道を上ってきた。何食わぬ顔で観察会に戻るつもりらしい。

櫂人は木陰から、多賀井と黒砂を見送った。

彼らが十分に離れたのを確認し、道へと出た。急いで谷底へ下り、奥の窪地へ向かう。穴に近づくと、目隠しをされた京野と村重は意識を失っているものの、怪我はない様子だった。

ほどいてやりたいところだが、姿を見せるわけにはいかない。

もう少し我慢しててくれと心の中で呼びかけつつ、足音を殺して穴に降りた。録音を終えたＩＣレコーダーを村重の横にそっと置く。

あたりには、ハマグリの貝殻がいくつも落ちていた。先ほど京野が見つけて多賀井に見せていたのもそれだろう。他に、文様の入った土器のかけらのようなものもあったが、今はじっくり確認している余裕はない。

再び穴から這い出る。多賀井と黒砂の言葉どおりならば、これから一仕事しなければいけない。

櫂人は、谷戸の入口近くにあるプレハブへ急いだ。その先の短い橋から、黒砂が飼っているという連中はやってくるはずだ。

プレハブの鍵は、先ほど多賀井が解錠したままになっていた。冷静にことを運んでいたように見えた多賀井だが、内心では焦っていたのだろう。

すぐに中に入れて助かったが、もし鍵が掛けられていたとしても、プレハブ程度の単純な鍵ならば開けられる自信はあった。

机の上の、固定電話を使って一一〇番に電話をかけた。

『事件ですか、事故ですか』

「ああ……事故です」

正確にいえば、これから起きる事故なのだが、と心の中で補足した。

警察のオペレーターには、瑞光物産の社有林に通じる橋で事故のようです、と伝える。事故現場を通りがかった者が、近くのプレハブで電話を見つけて通報したという体裁を装った。携帯は持っていない設定としてあらかじめ考えておいたが、そんな細かい事情までは聞かれずに済んだ。

通話中に、遠くバイクの爆音が聞こえてきた。品のない改造マフラーの音が二台分。

やはり、あの連中か。

事故を起こしたのはバイクであることや、谷の奥から人が助けを求める声が聞こえたことを話した後、急いでいるふりをして名前は名乗らぬまま電話を切った。

黒砂たちが警察の上層部を抱き込んでいたとしても、まさか事故の通報を放置するようなことはあるまい。

プレハブを出て、橋のたもとへ向かう。手近な木の枝を何本か折り、持っていった。

車のすれ違いができないほど幅の狭い、コンクリート造りの橋。その欄干の陰から、川向こうの道を監視する。二台のバイクが、蛇行する川に沿ったカーブを見え隠れしながら近づいてきた。

双眼鏡を向けると、ミルスケールの照準線越しに二台のビッグスクーター、ホンダ・フォルツァとヤマハ・マジェスティが見えた。運転しているのはそれぞれ長髪革ジャンと金髪黒スウェット。ヘルメットは被(かぶ)っていない。先日食堂で会った二人組だ。

双眼鏡の視界に浮かぶ照準線が、ライフルのものであればよかったのにと思ってしまう。改造マフラーの下品な爆音が、次第に大きくなってくる。いいバイクなのに、本当にもったいない。耀人は再びそんなことを考えた。

リュックの中から、ファスナーつきのポリ袋を取り出した。袋には、四、五センチほどの大きさの、トゲのついた粒がいくつも入っている。

耀人はそれらを橋の中央部にまんべんなく散らばるようにぶちまけると、欄干の脇、川へ向かって一段下がったあたりに隠れた。

先ほど折ってきた木の枝のうち、太いものを二本選んで手にする。念のため、手の届く位置にも何本か並べておいた。

――おっと、忘れていた。

リュックからもう一つ取り出したものを被る。駅前の民芸品店で買った、オオカミを模したオカシラ様の仮面だ。

二台のバイクは橋の向こうの道を直進することなく、こちらへ曲がってきた。先頭は長髪革ジャンのまたがったフォルツァ、その後ろを金髪黒スウェットのマジェスティと、縦に並んでやってくる。

二台が橋にさしかかった直後、タイヤが異物を踏んだ音が立て続けに聞こえた。ハンドルをふらつかせるのに続けて、急ブレーキの音が谷間にこだまする。

金属音と、ゴムがアスファルトにこすれる音が重なり合って近づく中、櫂人は立ち上がった。

仮面越しでも鼻をつく、ゴムの焼ける臭い。

目の前を、一台目のフォルツァが速度を落として通り過ぎようとしている。その前輪に向け、枝を投げつけた。

硬いものが砕ける鈍い音とともに、フォルツァがさらに大きく蛇行する。

後ろから続けてやってきたマジェスティの前輪にも、櫂人は枝を投じた。

マジェスティが、前輪を軸につんのめるように回転した。

ハンドルを握っていた金髪黒スウェットの男が宙を舞う。

ひっくり返ったマジェスティの車体は舗装されていない路面を滑っていき、すぐ前でふらついていたフォルツァに激突した。

後ろから押される形になったフォルツァからも、運転していた長髪革ジャン男が放り出される。

櫂人は、すかさず欄干の陰から走り出した。

橋のたもと近く、スウェット男が路上にうつ伏せで転がっている。その金髪を左手で掴み、引き起こした。ヘアクリームのぬめっとした感触が不快だったが、我慢する。

まったく、中途半端なチンピラめ。喧嘩するつもりがあるなら、相手に掴まれないよう髪は短くしておけ。

男は転倒した上にいきなり髪を引っ張って起こされ、動転した様子だ。細い目をいっぱいに開き、自分の前にいるオオカミの仮面を信じられないといった顔で見ている。

この土地の伝説であるオカシラ様のことを、男が知っているようには思えない。今はパニックに陥って、怪物にでも見えているのかもしれない。

櫂人はすばやく男の正面に立つと、その顎の下を狙って右足のつま先を蹴り上げた。鋭いハイキックが炸裂する。

男は失神したのか、ふらふらと崩れ落ちた。

もう一人の長髪男は頭を押さえながらようやく起き上がったところだったが、連れが一瞬のうちにノックアウトされたのを見て、慌てて逃げだそうとしていた。

走り出した櫂人はすぐに追いつき、後ろから男の肩を掴むと羽交い締めにした。

耳元でささやく。

「あまり、山を甘くみないほうがいい」

「あ、あんたは……」

「オカシラ様だよ」

男を振り向かせると、すかさず左腕を掴みなおし、強く引いた。

大外刈りの要領で右足を掛けて転ばせつつ、同時に右の掌底に力を込めて男の顎を突く。

転倒した男は、うーん……と唸り、気を失った。

それから耀人は、橋の上に残っていた、トゲのついた粒を回収した。それは、多摩川河口自然公園でもらってきたオニビシの実だ。

かつてまきびしとしても使われた実を、そのために用いたというわけだ。

オニビシはかえしのついたトゲでタイヤに刺さると、そのままタイヤとともに回転した。刺さったオニビシは一つだけではなかった。チューブレスタイヤは即座にパンクすることはないものの、接地面にいくつものオニビシが急に張りついたため、走行が不安定になったのだ。

——なるほど、使えるな。前の職場に伝えておくか。

自然公園にあったオニビシの解説文を正確に書くならば、「パンクはさせられないまでも敵の足止めには有効」といったところか。真由美に教えられないのを、耀人は残念に思った。

遠くから、パトカーの音が聞こえてきた。

あとは警察に任せよう。一一〇番した際、谷戸の奥に人がいるらしいとも伝えているから、京野と村重の存在にも気づいてくれるだろう。それに、社有林でイベントを開催中であることは警察もすぐに把握し、管理小屋へやってくるはずだ。

耀人は谷の狭くなった部分へ駆け戻り、管理用の小道を登りはじめた。

ほとんど走るようにしていくつかの尾根を越え、分岐点に出る。もとの道に復帰し、観察会の一行を追いかけた。

しばらく行くと、遠くに皆の姿が見えてきた。

一行は、周回コースの三分の二ほどを進んでいた。澪は前畑のすぐ近くに移動しており、二つのグループは合流している。

皆に近づいたところで、櫂人は大声を出した。

「た、大変です！」

できるだけ慌てた声になるよう意識した。

足をもつれさせるようにしながら、皆に駆け寄っていく。

今はちょうど何かの説明を終えた場面らしく、前畑の周りに集まっていた参加者たちがばらけ、また移動を始めるところだった。

「どうしたんですか」

気づいた澪が、驚いた顔で訊いてきた。他の参加者たちも、戸惑ったような顔を向けてくる。

「それが……」

そこで櫂人はいったん澪の傍を離れ、前畑に走り寄った。

「京野さんが……」

息を弾ませながら口にすると、前畑は目を丸くして反応した。

「茜が？　茜がどうしたんですか」

前畑が彼女を名前で呼ぶのを、初めて聞いた。

耀人は、トイレから出たら警察がいたこと、警官の様子からすると、京野と村重が何か事件に巻き込まれているらしいことを説明した。

もちろんそれは嘘だが、今から麓の管理小屋に戻る頃には、警察は到着しているはずだ。

耀人の話を聞いた前畑は、「すみません、あとはお願いしてもいいですか！」とだけ言うと、何もかもを放り出す勢いで駆け出した。

ここまで来た道を引き返そうとする前畑に、耀人は「いっそ先に行ったほうが早いです！」と声をかけた。

前畑は頷き、道を先へ向かっていった。

その様子を見て、参加者もスタッフも、このまま観察会を続けられない事態であることを認識したようだ。残っていた瑞光物産のスタッフの判断で、観察会は中止となった。

参加者は初めのうちこそざわついていたが、次第に「しようがないか」などという諦めの声が聞こえてきた。さすがに会社のイベントとして参加しているだけあり、話は通じやすい。

ただ、残念そうな顔の者も多く、誰よりも澪はひどくがっかりしているように見えた。

ようやく講師としての自信を掴みつつあったのに、中断してしまうのは無念なのだろう。

気の毒に思いつつ、櫂人はふと空を見上げた。木の枝がぽっかりと抜けたところに、青空が覗いている。

そこに、一羽のトビが舞っていた。

櫂人は澪の傍に歩いていくと頭上を示し、最後にあれだけ解説したらどうですか、と小さく言った。

その時、ピーヒョロロロロという高い声が降ってきた。

まるでトビ自身も澪を促しているかのようだ。

澪は参加者に声をかけた。

「あれを見てください」

見上げた参加者の一人が言った。

「なんだ、トンビか」

前にもどこかで聞いた台詞だ。

澪は微笑(ほほえ)んで説明を始めた。下見の時、前畑から教わっていた内容だった。

「トンビ――トビは、『トビがタカを生む』ということわざのように、タカより軽く見られることも多いですよね。でも、じつはれっきとした猛禽類(もうきんるい)なんです。猛禽類とは、獲物を捕らえるための鋭い爪(つめ)とくちばしを持つ鳥の仲間をいいます。主にタカとフクロウの仲間で、トビはタカ目タカ科に属しています。トビは、タカの仲間なんですよ」

「へえ、最後に勉強になった」

感心したような声が聞こえてくる。

これで、参加者も澪も、少しは満足してくれただろうか。

澪はまだ説明を続けている。

「ああやって輪を描くように滑空しながら、獲物を探しているんです。高いところにいるので小さく見えますが、あれでけっこう大型の鳥なんですよ。翼を広げるとだいたい一五〇センチから一六〇センチくらいあります。ああ、上昇気流に乗ってるみたいですね。ぐんぐん上がっていきます」

櫂人は、自分の双眼鏡の視界にトビを捉えた。ミルスケールで計算し、小声で呟く。

「二〇〇メートルくらいです」

櫂人が伝えたとおりのことを、澪は皆に言った。

「あれで、だいたい二〇〇メートルの高さです」

そんなに高いんだ、と驚いた声が上がる。

澪は、「ありがとうございました」と櫂人にささやいてきた。

その後、澪の先導で皆は麓へ向かった。

　燿人は、列の最後尾で安全管理をしながらついていった。

　少し先を大吾と涼森編集長が、すぐ前を多賀井と黒砂が歩いている。多賀井と黒砂は二人とも、何ごともなかったような顔をしていた。

　燿人は、二人の背中に話しかけた。

「しかし、警察なんていったい何ごとでしょうね」

　多賀井たちが振り返ってきた。

「さ、さあ……」

　取り繕っているような声だ。

「なんだか、バイクが事故を起こしたとか聞こえましたよ。そんな事故、管理小屋のあたりでは見当たらなかったので、社有林のどこか別の場所ですかね」

「そうなんですか。バイクが」

「あと、穴の中に縛られた人がいたとか言ってまして、京野さんと村重さんの名前も聞こえました。警察が名前を呼んでるってことは、無事だったってことでしょう」

「そうですね……」

「何があったかはこれから警察が調べるんでしょうけど、それにしてもいったい何だったんだろうなあ」

　二人が細かく震えているのがわかる。

「まあ、いずれにせよ山の神様——オカシラ様は見ていたはずですけどね」

櫂人は、最後に言った。

＊

「しかし、また一段と暑くなったね」

隣を歩く氷室専務が、そう言いながらハンカチを額に当てる。櫂人は、そうですね、と頷いた。

季節は着実に、夏へと移りつつある。

昼下がり。東京都文京区内の、とある住宅街。

江戸の町割りを残す細い道沿いには、古い屋敷が並んでいた。伸びてきた庭木の枝が、通りに影を落としている。

舗道を行く氷室の姿勢はよく、歩みも大股で力強い。櫂人は、歩調を合わせる必要を感じなかった。

櫂人と氷室専務は、月読記念財団の事務局から電車を乗り継ぎこの町までやってきた。

財団の会長、月夜野高時に面会するためである。高時が櫂人にぜひ会いたいというので、氷室とともにその邸宅へ向かっているのだ。

月夜野高時は、月読記念財団の前身である「月読会」を始めた江戸時代の大名、月夜野時成の直系の子孫である。

月読会からは明治期以降、多くの芸術家、そして学者も輩出されたが、高時自身も東京大学で生物学を学び、博物館に勤めていた経歴を持つ。

高時は一九七〇年代に月読会を財団化し、自然保護団体としての月読記念財団を設立した。長年にわたり会長として先頭に立ってきたが、既に八十代後半である。今では財団の仕事は専務たちに任せ、事務局へ顔を出すこともほとんどなくなっている。櫂人も、会うのは初めてだった。

「それにしても、あの山で遺跡が見つかるとは……。労働組合と学生運動の話があったから過激派と何か関係あるのかとも思ったが、半世紀前どころじゃない、縄文時代とはね」

もうじき月夜野邸に着くというところで、氷室があらためて言った。

あの谷戸の窪地の、パワーショベルで掘られた穴にあったハマグリの貝殻。

それは櫂人が一人で調べに行った際にも見つけていたが、その時にもしやと思ったとおりだった。

事件の後、穴の周辺を専門家が調べたところ、大量の貝殻や土器のかけらが発見されたのである。

土器の文様などから、そこは縄文時代前期の貝塚だったことが明らかになりつつあった。

貝塚は、当時の人々が捨てた貝殻やゴミなどが積もった場所だ（埋葬遺体が発見されたケースから、信仰の場という説もある）。多くの場合、その近くに人々が住んでいたことを示している。

これまで、この付近の山中において縄文人が生活していた痕跡が見つかった事例はなく、大発見といえた。

貝殻の数は、山で暮らす人々がたまに山の幸と海の幸を交換していたという程度ではなかった。あの場所に貝殻を捨てた人々は、日常的に貝を食べていたという説が有力になっている。

今までも他の地方で、内陸の山間部に貝塚が発見された例はあったが、それらは現在より海水面が上昇していた縄文時代前期に海沿いだった場所と考えられている。そのため今回の発見により、縄文前期の海岸線の想定を見直す必要があるのではという意見も出てきていた。

そして、今回見つかった貝塚とこの地域との関係について専門家が指摘していることはもう一つあった。

巨大なオカシラ様の伝説との関わりだ。

貝塚が存在する土地には、巨人の言い伝えが残されている場合がある。

たとえば、茨城県水戸市の大串貝塚は、奈良時代の『常陸国風土記』において、「上古、人有り。体極めて長大く、身は丘壟の上に居て、手に海浜の蜃（大きな蛤）を摎る。其の食ひし貝、積聚りて岡と成りき」と記されている。

やはり大串貝塚も縄文時代には海岸線に近かったものが、奈良時代には海から離れていたことがわかっている。当時の人々は、そんなところに大量の貝が残されていたのを、海まで手が届くほどの巨人が食べたものと考えたのだ。

巨人の伝説は他にも日本中にあり、巨人ダイダラボッチが富士山をつくるために土を掘った跡が琵琶湖になったとか、手をついてできた窪みが浜名湖になったなどと伝えられている。櫂人の住む世田谷区代田の地名も、ダイダラボッチに由来しているという。

一部の専門家は、今回見つかった貝塚の付近でも他の地域と同様、人々は巨人が貝を食べた跡と見なしたのだと推測していた。それが、やがてオカシラ様と呼ばれる存在に変わっていったのではというのである。

実際、近くの秦野市にはオオカミの頭骨を「オカシラさん」と呼び、子どもの夜泣きを止めさせたり、憑き物を落としたりするのに使う風習があったそうだ。それとの関連も指摘されていた。

貝塚の存在はそうした言い伝えのもとになったものの、長い年月の中でいつしか忘れられてしまったのだろう。

その貝塚が今回、社有林売却にあたっての事前調査で再発見されたのだった。

瑞光林業の多賀井と、黒砂建設の社長は貝塚の価値に気づいたが、公表しては彼らの利益となる社有林の売却話にストップがかかってしまう。そのため、一切をなかったことにしようとしていたのである。

そこに、事情を知らぬ村重が裏帳簿データを隠そうと首を突っ込んできた。多賀井は村重を妨害するにあたり、ついでにかつての恨みを晴らそうと策を弄したのだが、それが裏目に出たというわけだ。

これらの真相が発覚したのは、櫂人からの匿名の通報により駆けつけた警察が、社有林につながる橋で事故を起こしていた二人の男——名目上は黒砂建設社員と、谷戸の穴の中で縛られていた京野と村重部長を発見したことがきっかけだった。

多賀井と黒砂は何も知らないと強弁したが、村重が持っていたICレコーダーが決定的な証拠になった。

村重自身は、そのICレコーダーは記憶になかったが、月読記念財団の備品貸出帳簿には村重に貸し出したという記録が残っていたのだ（もちろんそれは櫂人が書き足したものである）。本人も借りたことを忘れていたレコーダーのスイッチがポケットの中で押され、録音が始まったものと警察は考えていた。

社有林の売却は白紙撤回され、今後は専門家による調査が進められる予定になっている。

事件が解決した今、櫂人が一つだけ引っかかっているのは、当日駆けつけた警察が、文化財保護法違反について匿名の通報があったと言っていたことだ。

　櫂人も匿名での通報はしたが、それはあくまでバイクの二人組に関してだった。

　自分の他に、あの時点で貝塚の存在に気づいて通報できた人間がいただろうか——？

　櫂人の思考は、氷室の楽しげな声に中断された。

「しかし、トイレにこもっていたという話になっているのは傑作だね。皆、それを信じているんだろう？」

「少し心苦しくはありますが、私の素性は明らかにしないようにということでしたので。あくまで平凡な職員として振る舞う必要がありました。かといって悪事を見過ごすわけにもいかず、こうなった次第です」

「完璧だよ。君には引き続きそうしていてもらいたい」

　やがて櫂人と氷室は、太い二つの柱の上に屋根を通した、数寄屋門の前に立った。

　インターホンのボタンを押すと、「お待ちしておりました。お入りください」という女性の声が聞こえてきた。

　重い門扉を押しあけ、敷地の中に足を踏み入れる。

　それほど広くはない庭の一角には樹々が生い茂り、森のようになっていた。

　庭の先、古い日本家屋の引き戸を開けると、旅館のような三和土のある玄関で中年の女性が迎えてくれた。

「いらっしゃいませ」

先ほどインターホンで聞いた声だ。この屋敷の家政婦だという。案内され、廊下を進んでいく。

廊下の角を二回ほど曲がったところで、庭に臨む縁側のある和室に通された。畳の上に絨毯（じゅうたん）が敷かれ、テーブルを挟むように二組のソファーが置かれている。

櫂人と氷室は、片側のソファーに座るよう勧められた。向かいのソファーの横には、小さな袖机（そでづくえ）があった。出された茶に口をつける間もなく、部屋に和装の老人が入ってきた。

月夜野家当主、月夜野高時である。

「よく来られました」

「初めてお目にかかります」

挨拶する櫂人に、月夜野は微笑みを返した。

「楽にしてください」

櫂人たちの向かいに腰を下ろし、月夜野が言う。

「さっそくですが、今日わざわざ来てもらったのは他でもありません。これを見てほしかったのです」

月夜野は、ソファーの脇に置かれた袖机の引き出しを開けた。中には、古い和装本が何冊か入っているのが見える。その中の一冊を月夜野は取り出し、テーブルの上に載せた。

「これは？」

訊ねた櫂人に、月夜野は答えた。

「『大八洲鳥獣図会』。江戸時代、月読記念財団の礎になった月読会で、月夜野時成が知己の蘭学者に命じて編ませたものです。その蘭学者は弟子とともに日本中をまわり、各地の生き物などを中心とした風物を調べ、これに書き記しました。現存しているだけで、二十四巻あります。豊富な説明文と絵図からなる、いわば百科事典です」

氷室が補足した。氷室は既に見たことがあるもののようだ。

「その時代の同種の書物としては、『和漢三才図会』が有名だ。ただしそちらは森羅万象を対象にしており、全部で百五巻と膨大な量になっている。一方、この『大八洲鳥獣図会』は主に鳥や獣などの自然のみが対象で、それだけなら『和漢三才図会』よりも詳しい。その原本が、これだよ」

「学術的にも、大変貴重なもののようですね」

「そのとおり。『和漢三才図会』は木版印刷で、数版にわたって刊行されたため多く残されているが、これは一点ものだ。本来ならば博物館に収蔵されるべきものかもしれないが……」

「訳があるのです」

月夜野が言った。頷いた氷室が、再び話しはじめる。

「これこそが、君に当財団に来てもらった真の理由なのだ」

「何か、私にしかできない任務ということでしたが」

この古い書物と、どのような関係があるのだろうか？

「じつは、今回の瑞光物産の仕事もそのためではあったのだ。少々、思惑が外れてしまったのだがね。『大八洲鳥獣図会』第九巻、相模国の風物について書かれている巻に、こういう記述がある。『丹沢、藤間家が山中、古より伝わりし奇異なるものありけり。土地の者曰く、神代のもの也と』」

「丹沢の、藤間家山中というのはもしかして」

「そう。藤間家は、瑞光物産の創業家だ。これは、今の瑞光物産社有林のことだよ」

「そこにあるという『古より伝わりし奇異なるもの』を探していたのですか」

「そうだ。あの山に入るには、瑞光物産と関係を構築する必要があった。そのために、法人会員の入会基準を緩和させることまでした。当時担当者だった榊くんや竹内くんからは、いろいろと反対されたものだ」

氷室は苦笑した。

「それからは私も先方に足繁く通い、関係を深めていった。今後、徐々に山の調査へと話を進め、詳しく調べる計画ではいたんだが……。最近、先方が社有林の一部を売却するという情報を得てね。売られてしまう土地に我々が探しているものがあっては間に合わないと考え、急ぎ今回の観察会企画にこぎつけたんだ。君に関わってもらってよかったよ」

「今回私の経験を活かせたのは、たまたまですが……。しかし、私の役目はこれで終了ということでしょうか」

「いや。今回は、私たちにとって想定外の結果だった」

氷室は、私たち、と言った。一連の計画は、氷室専務と月夜野会長の考えによるものだったようだ。

月夜野が口をひらいた。

「『大八洲鳥獣図会』第九巻に書かれていた『古より伝わりし奇異なるもの』。それは縄文の遺跡、そしてそこから見つかるハマグリの貝殻だったわけです。事実がわかった後で調べなおしてみれば、奇異というのももっともなことではありました」

江戸時代には、一部の人々の間で貝の化石を集めて鑑賞する趣味があり、先ほど話に上がった『和漢三才図会』の第六十七巻、矢倉権現の項にも、「蛤坂、この辺を掘ればすなわち石蛤あり」と記されているという。現在の南足柄市、矢倉沢付近のことで、社有林の山からそう離れていない地域だ。

矢倉沢のハマグリの化石は縄文時代よりもはるかに昔、第三紀鮮新世の海底の地層から出土したものであり、貝塚に捨てられた貝とは異なる。だが、山中で大量のハマグリの貝殻が見つかること自体が十分に不思議で、書き記すに値したのだろうと月夜野は語った。

「しかし、私たちはもっと別のものがあるはずと考えていたのです」

「本当に探していたものは、それではなかったと？」

　燿人の問いに、氷室が答える。

「そうだ。『大八洲鳥獣図会』は多くの部分で具体的に各地の自然を書き記している。だが今回のものを含めて何カ所か、妙に曖昧な記述があるんだ。何かがあると匂わせるようなね。私と月夜野会長は、ずっとその記述について調べ続けてきた。そして今こそそれを確かめるため、君に来てもらったのだよ。今回見つかったのは望んでいたものではなかったとはいえ、記述の対象となっている場所には、実際に何かしらが存在するということは証明された。これからは、他の記述についても調査を進めていってもらいたい」

「いったい、そこには何があるとお考えなのですか」

　氷室が、月夜野の顔を見た。月夜野は頷き、再び話しはじめた。

「私の伯父で、戦死した月夜野時忠は、代々学者の多い月夜野の人間で一人だけ軍人になった人物なのですが、他の親族に勝るとも劣らぬほど自然を愛した人物だったようです。当時、自然保護という概念は少なくとも日本ではまだ無いに等しい時代だったにもかかわらず、伯父は工業化が進む中で失われていく自然を憂えていました。先見の明があったのでしょうね。軍人だった伯父はあまり家に帰ってくることがなかったですし、私も小さかったため話した記憶はほとんどありません。しかし父の話によれば、伯父は『大八洲鳥獣図会』には秘められた謎（なぞ）があると語っていたそうです」

「それは……何か財宝のようなものでしょうか」

　燿人は、徳川埋蔵金などの一連の騒動を思い浮かべた。

　会長と専務は財宝を見つけ出すことで、厳しい経営状態の財団を救うつもりなのだろうか。

「そうかもしれませんし、あるいはまったく異なるもの……たとえば、貴重な生き物のすみかなどかもしれません。伯父は父に、月夜野時成が鳥や獣を愛した人物だったこともしきりに話していたようですから。この国の自然のすべてを記録したいという思いで、『大八洲鳥獣図会』を編さんしたのでしょうが、生き物のすみかを守るため、あえて曖昧な書き方をしたとも考えられます」

「なるほど。それにしても、戦前ですら自然保護思想は珍しかったというのに、ましてや江戸時代とは……」

「そうです。結局、調べてみなければわからないのが正直なところなのです」

　なんとも漠然とした話だ。

　知らずに、困った表情を浮かべていたのだろう。燿人の顔を見て、月夜野会長は言った。

「『大八洲鳥獣図会』の奇妙な記述については、一つひとつ確認していくしかありません。ただ、現存していない、散逸してしまった巻には、もう少し詳しいことが書かれていた可能性がありますそれがわかれば、ぐっと進展するはずですが」

「散逸した巻……。それも、あわせて探すということでしょうか」

「難しいとは承知しています。戦時中、このあたりの空襲被害は少なかったのですが、それでも納屋は焼けてしまいました。失われた巻は、その中にあったとも考えられます。そうだとしても、どこかにヒントは残されているかもしれません」

「………」

氷室がつけ加える。

「私も月夜野会長も、なかなか動き回るのは難しい。君だけが頼りなんだ。君に声をかけたのは、境遇を知って力になれればと思ったのはもちろんだが……この仕事に君の能力を発揮してもらいたかったこともあるんだ」

燿人の脳裏を、氷室から誘いがあった時のこと、そしてその前の、過去数年間のさまざまな出来事がよぎった。

燿人が同僚に説明した、前職は公務員だったという話は嘘ではない。

ただ、正式な言い方をしていなかっただけだ。

燿人はかつて特別職国家公務員——自衛官であった。

航空自衛隊、航空救難団所属。天候や場所を問わず救難ヘリコプターから降下し、遭難者の救助活動をおこなう救難員だったのだ。

近年、より実戦的な能力を構築しつつある自衛隊において、戦闘地域での救難活動——戦闘捜索救難（CSAR）の体制を確立するための要員として、もう一人の隊員とともにアメリカ空軍への出向も経験していた。

そして出向中に従事したとある秘密任務において、そのもう一人は行方不明となってしまった。

表向き事故死とされた彼は、櫂人の同僚であるとともに、親友でもあった。彼の行方不明に責任を感じた櫂人は、これ以上任務につくことはできないと、ほどなくして退職の道を選んだ。周囲は櫂人の責任ではないと言ってくれたものの、櫂人の決意は固かった。

それからしばらく櫂人は、親友が遺（のこ）した青いインプレッサを行く当てもなく乗り回すだけの日々を過ごしていた。その状況を案じた櫂人のかつての上官は、人材を探している知人のことを思い出した。それが、氷室専務だったというわけだ。

氷室は、話を続けている。

「君が厳しい訓練で身につけた能力を活かして、私たちを助けてほしいんだ」

「……救難員の訓練や、戦闘訓練で身につけたものが役に立つのでしょうか。そもそも過去の文献をもとに何か——よくはわかりませんが何か重要なものを探すということが、それほど危険な仕事とは思えないのですが。それに、何も秘密にせずとも、公表して財団の皆で取り組むことはできないのでしょうか」

「たしかに、君が言うように皆で取り組めればいいだろう。だが、そうも行かないんだ。だからこそ、君に来てもらったともいえる。以前は、この計画は宗像くんという別の職員に取り組んでもらっていたんだが……」

その名前は何度か聞いている。櫂人の前に普及課におり、急に退職したという人物だ。

「初めは、君の言うように公にすることも考えた。だが信憑性に欠ける話を公表すれば財団の信用にも関わると思い、宗像くん以外には秘密にしていたんだ。そうした中、宗像くんは不可解な事故にあって重傷を負い、退職することになってしまった。秘密を守るため、メンタルシックという噂はあえて否定していない。申し訳ないが」

「不可解な事故、ですか」櫂人は眉をひそめた。

「はっきりとは言えないが、同じように秘密を探っている者がいる可能性がある。その者が妨害してきたとも考えられるのだ。それゆえに私と会長は、この件を引き続き秘密裏に進める判断を下したわけだ」

——そういうことだったのか。

「そんな相手がいるとして、相手はどうやって秘密を知ったのでしょう」

櫂人の疑問に、月夜野が答えた。

「この本は一点ものとは言いましたが、複製が存在するらしいのです。その複製を持っている者がいるのでしょう」

「それは、誰でしょうか？」

「月読会に加わっていた他の者から流出したとも考えられますが、詳しいことはわかりません」

月夜野に続き、氷室専務が言った。

「とにかく、そのような危険も予想される仕事に、過酷な環境でのサバイバル技術を持っている君は適任だったんだよ。君と知り合えたのは、幸運だった。それに、君にはいずれもっと大きな、別の仕事をお願いしたいという思いもある」

「それはどのような？」

「来るべき時に話そう」

氷室専務は、話を終わらせた。今はこれ以上、教えてくれる気はないらしい。

専務と会長の考えにはまだわからないことも多く、雲を摑むような話ではあるが、やるしかあるまい。自分はここの他に、行く当てはないのだから。

それにしても、他にも秘密を探っている誰かがいるというのは気になる。前任者は、大怪我を負わされたという。つまり、行動が読まれていた可能性もある。

もしかしたらその妨害者は、財団の内部にいるのではないか――。

エピローグ

会長宅を訪れた翌朝。

事務局へ出勤した櫂人は仕事を始めて早々に、経理課の岡島から呼びつけられた。

「速水さん、こないだ提出された交通費の申請書ですけど」

アスカデパートの環境展へパネルを搬入するのに、車を出した分のガソリン代と高速代を申請した件だろう。安田課長からは、費用は経理に請求していいと言われていた。

「ああ、すみません。何か書き間違えでも」

「そうではなくて、これは受理できません」

「えっ」

「仕事に自家用車を使ってよいのは、地方勤務のレンジャーなど許可された人だけです。速水さんは対象外」

「はあ……」

たかだか数千円ではあるものの、少々納得がいかない気もする。櫂人は「でも、仕事で使ったんですが」とひと言返した。

そう口にした後、岡島と言い合ってかなう者は事務所内にいないという噂を思い出したが、後の祭りだった。

耀人は、財団の経理、規則がいかに厳密であるか、それをおろそかにすることでどれだけ会員や支援者の信頼を失うかという岡島の説教を、延々と聞かされる羽目になったのだった。

ふらふらになって、耀人は普及課の島に戻っていった。

自然保護部長の席の横を通る。缶コーヒーが何本も並んだ机の向こうから、今日もきっちりとスーツを着こなした雨宮部長が視線を送ってきた。相変わらずの無表情で、何を考えているのか読み取れない。

自分の席に着くと、隣の澪が言った。

「大変でしたね」

「ええ、まあ……。でも岡島さんがおっしゃっているのは正論ですから」

「速水さん、人間できてるなあ」

斜め前の席から、享平の感心したような声がした。

良子が突っ込みを入れる。

「そもそもは享平くんのせいじゃないの」

「あ……そうですね。すみません、速水さん。その分、僕が払いますよ」

「いいですよ、そんな」

「でも……。あ、そしたら、今度何かおごります」

享平の提案に、なぜか良子が「いいわねえ」と返す。

「なんで良子さんが」

安田課長は、皆のやりとりが聞こえないほど一生懸命仕事をしているふうだ。そもそも自分が申請してよいと言った話なのだし、何かコメントしてもよさそうなものだが、自分が代わりに払うという話になるのを警戒しているのかもしれない。

パソコンのキーボードを勢いよく叩き続ける安田の向かいで、榊課長代理が「何のこと?」と享平に訊いた。榊は当時出張でいなかったため、事情を知らないのだ。

「へえ、そんなことがあったの。そうすると、僕が下見に飛び入り参加した時の交通費も、申請は無理かなあ」

「ああ……厳しそうですけど、試しに岡島さんに相談してみたらどうですか」

「そんな度胸はないよ」

笑って答えている榊に、櫂人は確認したいことがあった。

下見の帰りにどこへ行ったのか、もしかして一人で山に戻り、貝塚の存在に気づいていたのではないかということだ。

直接問うのは憚られ、耀人は何げなく訊ねた。

「榊さんは、下見の後、食堂に行かれるとおっしゃっていましたよね」

「うん」

「何を食べられましたか」

「ん？　ああ……ラーメンをね」

微笑みながら答えた榊の視線が、耀人のそれと一瞬だけぶつかった。

――ラーメン。あの店のメニューに、ラーメンはたしか……。

榊が、話題を変える。

「浅羽さん、そういえば前畑さんの奥さんと、部長さんはどうなったの」

「二人とも大事を取って入院しましたけど、大した怪我もなかったそうですよ。村重部長は例の不正の件でこれから大変になるでしょうけど」

「そっか。まあ、よかったね」前の席から良子が言ってきた。

「前畑さん、すごく心配して京野さんの病室につきっきりだったみたいです。でも、観察会を放り出していったことを怒られたって言ってました」

澪は笑顔で話している。

「京野さんと前畑さん、せっかく二人きりになる時間ができたんだから、ちゃんと話し合えたらいいですね」

澪の口調は、少しだけうらやましそうでもあった。

榊が言った。

「いろいろあったようだけど、結果オーライということかな。あの山の遺跡だって、とりあえずは守られたわけだし。速水さんもいきなり大変でしたね」

「いやいや、僕はそんなには……」

もう経費の話題には戻らないと思ったのか、そこで安田課長が口を挟んできた。

「貝塚があるってことで、縄文時代はあの辺まで海岸線が来ていたっていう説も出てきてるらしいね。そうだとしたら、これから温暖化で海面が上昇した場合には、あのあたりも海に沈んでしまうってわけだ」

いかにも自然保護団体らしいまとめ方だ。

榊が反応する。

「そうそう。その話で気になって、縄文時代前期の関東地方の海面は今よりどのくらい高かったか調べたんですよ。諸説ありますが、およそ一〇メートルだそうです。それで海面上昇をシミュレーションするサイトで見てみたら、一〇メートル上がったとしても、海岸線からあの山まではまだまだ距離があるんですよね」

「じゃあ、どういうことだろう。じつは当時と今の海面の差は一〇メートルどころじゃなかったとか?」と、安田。

「いやあ、一〇メートルってのは、ある程度科学的に証明された数字ですよ。これが違っていたとなると、地球科学の分野も巻き込んで大論争になりそうですね。あるいは、土地が隆起するなどして地形が変わったのかもしれませんが……」

「でも縄文時代の、海面が一番上昇していたピークの時期って、七千年くらい前だそうですよね。そんな大きな地殻変動だとしたら、ずっと長い時間が必要なんじゃないですか」

澪の意見に、榊も「もっともだ」と腕を組む。

「そういえば、内陸の貝塚は巨人がつくったっていう伝説があるんでしょ」

良子が言った。「案外、本当だったりしてね。そうだったら説明がつくじゃない」

もちろん、良子は本気ではないのだろう。冗談めかした言い方だった。

皆も笑っているが、享平だけは真顔だ。

享平はおずおずと言った。

「そういえば僕、気づいちゃったんですよね」

皆が享平のほうへ顔を向ける。

「何に？」

「例の貝塚があった場所の地形を上から見ると……ほら」

享平は、画面を開いたノートパソコンを持ち上げて皆から見えるようにした。グーグルマップの、航空写真が表示されている。

「この形、巨人の足跡にも似てません？」

「まさかあ」

皆はまた笑い、享平も「まあ、ありえないですよね」と笑おうとしていた。

とはいえ、よく見れば谷戸から川へ向けて広がった部分が足の指に、谷戸の狭まった部分が土踏まずに、そして窪地は踵のようにも思えてくる。

櫂人の頭の中に、あのオカシラ様の仮面の顔が浮かんだ。

——まさか、ね。

それから櫂人と澪の仕事は少し忙しくなり、皆が昼食に出ている間も事務局で作業をすることになった。

隣の広報課の島では、会報誌の編集作業が佳境を迎えているのか、昼休みだというのに涼森編集長と大吾がずっと机に向かっている。ふと見た時に目が合った涼森がにっこりと微笑んできたので、櫂人は会釈を返した。

その後、櫂人がプリントアウトした資料を複合機のところまで取りに行くと、誰か他の人が出力したものが残っていた。

確認してみると、享平の担当している仕事だ。自分の資料と一緒に普及課の島に持ち帰り、澪に渡す。

「これ、見てください」

訝しげな顔をした澪に、櫂人は言った。

「カルチャースクールの、次回観察会の参加申込者リストですよ」

えっ、と澪はリストに視線を落とした。記載された氏名を上から順に追っていくうちに、その目が見開かれる。

「これって……」

「よかったですね」

リストには、マダニの件以来参加していなかった金村晴翔と両親の名前があった。

備考欄に、先方の担当者の文字で「お子さんの要望で再度参加」と書かれている。

「なんかちょっと、嬉しいですね」

微笑んだ澪は、思い出したように言った。

「そういえば、この晴翔くん一家の件。観察会であの子がいなくなった時、居場所をご両親に伝えたのは速水さんだったんですって？　やりとりが佐々木くんに聞こえたそうですけど、なんで言わなかったんですか」

「うーん、どうだったかな。忘れてしまいました」

「謙遜ですか？」

「そんなんじゃないですよ」

「速水さん、いろいろできるのに控えめですよね。こないだの社有林の時だって、センダイムシクイの声とかトビの飛んでる高さ、フォローしてくれたじゃないですか」

「ああ……」

　櫂人がごまかすように頭を掻いていると、澪は「そうだ、忘れてました」と小さな紙箱を机から取り出した。

　櫂人に渡してくる。名刺の入った箱だ。

「長らくごめんなさい。やっとできました」

　箱を開け、取り出してみると、速水櫂人の名前の上に『自然案内人』という肩書きがついている。『ネイチャー・パスファインダー』とルビが振られていた。

「なんですか、これ」

「うちの部署の人は、みんなその肩書きがついてるんです。そうか、身内だから誰も名刺を渡してなくて、知らなかったんですね」

「こういう資格があるんですか」

「いえ。公式の資格じゃなくて、箔をつけるのにうちの財団で勝手に名前をつくったんです。英語のほうは先導者とか開拓者って意味のパスファインダーから取ったみたいですけど、なんだかちょっと格好つけすぎだと思いません？」

「まあ、図書館で調べものをするための案内をそう呼ぶこともあると聞きますし、いいんじゃないでしょうか。なんにせよ、僕はまだそう名乗るには経験が足りないような気がしますが」

「問題ないでしょ。あれだけできるんだし。だいたい、わたしだって『パスファインダー』なんだから」

そう言って少し照れくさそうな表情を見せた澪は、すぐにはっとした顔になり、「あ……」と口をつぐんだ。

「ごめんなさい、つい敬語忘れちゃいました」

「いいですよ」

櫂人が笑って答えると、澪は一瞬考えるような間を置いて言った。

「あの、ちょっと思ったんですけど」

「はい」

「もう、敬語使うのやめません？　同い年ですよね」

「あ……ええ」

櫂人は、少し考えた。

ここで働き続けるのなら、そのほうがいいのかもしれない。

「浅羽さんさえよければ」

「それも、みんなと一緒で『ミオさん』でいいですよ」

「じゃあ、僕は……」

「『カイトさん』？　あ、そうだ！　トビのことを英語でカイトっていうんですよね。タカの仲間だけど、なんか控えめって感じが似てるかも」

――カイト。

日本ではずっと速水と呼ばれていたが、燿人の名は澪の言うように英語としても通用した。それゆえ、かつてアメリカ軍に出向した際には、名前がそのままコールサインになったのだ。

そして、あの世界にもパスファインダーという用語は存在した。空挺作戦において本隊に先駆けてパラシュート降下し、周辺偵察と降下地点の確保、本隊誘導をおこなう先導隊、およびそこに所属する兵士のことを指す。

まさに自分は、それに近い任務についていた。そして最後の任務で、あいつは――。

よみがえってきた記憶を、燿人は振り払った。

いや。忘れるべきではないが、いつまでも後悔することはやめよう。あいつだってそれを望んではいないだろう。俺はもう、新しい道に踏み出したのだ。

今の俺は、別のパスファインダー・カイト。

パスファインダー――自然案内人、速水燿人だ。

「いいですよ……いいよ」

敬語で話そうとしてしまい、慌てて言い換える。

「そういえば日本のトビは英名でブラックカイトといって、アメリカ大陸には生息していないんだ。アメリカにいるトビは別の種類だった」

「見たことあるの？」

「あ、いや……別の種類らしいよ」

「ふうん。ほら、やっぱりいろいろ知ってる。能ある鷹は爪を隠すっていうか」

「それはどうも」

おどけて頭を下げる。

「ああ、でも褒めすぎかな。だって、こないだは肝心な時にトイレだもんね。そのくせ、大丈夫、なんて根拠もなく気楽なこと言ってたし」

「それは言わないでよ」

そうして櫂人と澪は、どちらからともなく笑い合った。

本書はハルキ文庫の書き下ろし作品です。

パスファインダー・カイト

著者　斉藤詠一（さいとうえいいち）

2023年7月18日第一刷発行

発行者　角川春樹

発行所　株式会社角川春樹事務所
〒102-0074 東京都千代田区九段南2-1-30 イタリア文化会館

電話　03(3263)5247(編集)
03(3263)5881(営業)

印刷・製本　中央精版印刷株式会社

フォーマット・デザイン　芦澤泰偉
表紙イラストレーション　門坂 流

ISBN978-4-7584-4574-0 C0193 ©2023 Saito Eiichi Printed in Japan
http://www.kadokawaharuki.co.jp/[営業]
fanmail@kadokawaharuki.co.jp[編集]　ご意見・ご感想をお寄せください。